Rita Roth

Inselgroll

Ostfrieslandkrimi

Klarant Verlag

Klarant Verlag, www.klarant.de – www.ostfrieslandkrimi.de
ISBN: 978-3-96586-107-7
1. Auflage 2019
Umschlagabbildung: Klarant Verlag

Printed in the EU.

Prolog

Das nenne ich Lebensqualität vom Feinsten! Nicht eine Sekunde lang hatte ich meine Entscheidung bereut, alles hinter mir zu lassen und meinen Zweitwohnsitz Norderney zu meinem Hauptwohnsitz zu erklären. Seit Langem hatte ich davon geträumt, diese Idee in die Tat umzusetzen. Ich hatte den Moment, unbeschwert und frei mein Leben genießen zu können, seit Jahren herbeigesehnt. Auf der ostfriesischen Insel zwischen Juist und Baltrum war ich am richtigen Ort, hier konnte ich wieder durchatmen und endlich auftanken.

Geschafft! Zehn Kilometer gejoggt, ohne Pause. Die Zeit war gar nicht so schlecht, zumindest für mein Alter. Ich wischte mir den Schweiß von der Stirn, legte mein Bein auf dem Holzzaun ab, spürte der Dehnung in meinem Oberschenkel nach und verharrte in dieser Position. »Die Dehnung halten, halten, halten. Sechzehn, siebzehn, achtzehn …«

»Alles endet!«, hörte ich eine Stimme hinter meinem Rücken. Unvermittelt nahm ein irrer Schmerz mir die Luft, ich wollte schreien, brachte aber nur ein heiseres Röcheln zustande. Die Klinge eines Messers blitzte vor meinen Augen auf. Daran klebte Blut. Frisches, rotes Blut. Mein Blut. Worte, böse Worte voller Hass, prasselten auf mich nieder. Ich taumelte vorwärts. Ein weiterer Stich nahm mir das Gleichgewicht, dann noch einer. Wie durch Watte vernahm ich den dumpfen Aufprall meines Körpers, das berstende Knacken meines Schädels und registrierte staunend und noch immer geistesgegenwärtig die Wärme meines Lebenssaftes, der aus meinem Körper strömte.

Helles Licht umhüllte mich, wärmte mich, sog mich hinüber in eine neue Dimension. Blitzlichter von Erinnerungen ploppten auf und verebbten auf der Stelle. Mein Geist hob ab, verließ mich. Aus einer völlig neuen Perspektive blickte ich auf meinen verschwitzten Körper, meine seltsam verrenkten Glieder und auf all das Blut.

Vom Ende der Strandpromenade her lief eine Person mit einem Säugling vor der Brust in meine Richtung. Das Baby jammerte und schrie. Nein, es konnte nicht jenes Kind sein, das ich niemals haben wollte, das sich aber trotzdem in mein Leben gedrängt hatte. Für Reue war es zu spät. Ich konnte nichts wiedergutmachen. Diese Person würde mich finden, das konnte ich vorhersehen. Könnte ich sie bloß aufhalten! Diesen Anblick wollte ich ihr und ihrem Baby ersparen!

Sie blieb tatsächlich stehen, sah hinauf, zu den Masten, die wie ein Kreuz aus dem Dämmerlicht in den Himmel ragten. Mich konnte man von unten, am Fuße der Aussichtsdüne, nicht sehen. Aber nein … die Mutti setzte ihren Weg fort, stieg die Stufen weiter empor. Schnaufend, eine nach der anderen. Musste ich selbst mit meinem Ableben noch Unheil über andere bringen?

Von der entgegengesetzten Seite näherte sich eine sportliche Alte. Gleichmäßig klackerten ihre Walkingstöcke auf den Steinen. Die beiden Frühaufsteherinnen würden aufeinandertreffen. Sie würden mich für immer in Erinnerung behalten.

Der Lichttunnel schluckte mich. Mein Lebenslicht erlosch.

Kapitel 1

»Puh, ist das anstrengend!«, flüsterte Anna. Unbeirrt stieg sie die Anhöhe hinauf. Das winzige Bündel Mensch vor ihrer Brust gab einen wohligen Laut von sich, als stimmte es ihr zu. Nach über einer Stunde Fußmarsch waren dem kleinen Theo endlich die Augen zugefallen. Ein Spaziergang war immer noch das beste Schlafmittel für ihren kleinen Prinzen. Versonnen betrachtete Anna das pausbäckige Gesichtchen. Theo sah soo süß aus mit seinem geöffneten Mündchen. Zärtlich streichelte sie ihm übers Köpfchen, hauchte zarte Küsschen auf die rosige Wange und setzte sich auf halbem Weg auf eine Bank.

»Mein kleiner Prinz«, säuselte sie. Unwillkürlich musste sie schmunzeln über ihren leisen Singsang. Belächelt hatte sie das alberne Babygetue und nun war sie selbst eine von ihnen. Doch hier waren sie völlig ungestört, es bekam keiner mit.

Dieser dritte Oktober verzauberte die Insel mit einem Sonnenaufgang, der das Meer im Morgendunst zum Glitzern brachte und Annas Vorfreude auf einen neuen, wunderbaren Urlaubstag noch steigerte. Anna seufzte. Es war doch schon später, als sie dachte. Für einen kurzen Abstecher auf die Aussichtsplattform blieb nicht mehr viel Zeit, wenn sie zum Familienbrunch nicht zu spät kommen wollte. Ihre Mutter feierte heute ihren sechzigsten Geburtstag und hatte ihre Liebsten auf die Insel eingeladen.

Anna tippte eine WhatsApp, in der sie ihrer Mama zusicherte, pünktlich zurück zu sein. *Der Kleine schläft, alles ist gut*, schrieb sie. Sie lächelte in ihr Smartphone und drückte den Auslöser. Über ein weiteres Selfie mit dem kleinen Wonneproppen würde sich die frischgebackene Oma freuen. Bevor Anna auf Senden klickte, entdeckte sie jedoch eine Person im Hintergrund. Sie schaute nach hinten, über die Schulter, zu der Person. Ihre Blicke trafen sich. Die Gestalt mit der dunklen Mütze nahm daraufhin den anderen Weg nach unten. Gut so, dachte Anna und schoss ein zweites Foto. Nichts und niemand störte darauf die morgendliche Idylle. In weiter Ferne waren einzelne Jogger und Hundegänger schemenhaft zu erkennen.

Entschlossen setzte sie ihren Weg fort. Eine letzte Kurve, dann war sie am Ziel. »Drei Stufen, dann haben wir es geschafft«, flüsterte Anna ihrem Söhnchen ins Ohr. Auf der Plattform angekommen verschnaufte sie kurz. Sie war etwas aus der Puste. Kein Wunder, die Geburt lag erst fünf Monate zurück. Die junge Mutter sog die Meeresbrise tief in ihre Lungen, lehnte sich an das Geländer und genoss die Aussicht. Das schwarz lackierte Metall des Ankers glänzte in der Sonne. Aber da reflektierte noch etwas anderes das morgendliche Licht. Anna schrie auf. Markerschütternd durchschnitt ihr Schrei die friedliche Stille. Das Baby riss die Augen auf, verzog das Gesichtchen, strampelte und fing aus Leibeskräften an zu weinen. In der Ferne kläffte ein Hund. Das war der Augenblick, in dem ihr bewusst wurde, was sie sah.

***

»Junge, Junge, Junge! Was ist das denn für'n fürchterliches Gezeter«, schimpfte Gretje Blom, die ihre morgendliche Nordic-Walking-Runde über die Kurpromenade in Richtung Nordstrand zurücklegte. Vor ihr lag die Kurklinik und kurz dahinter, zur Rechten, der beliebte Aussichtspunkt mit dem Anker. Die Georgshöhe.

Beunruhigt blieb die rüstige Seniorin stehen und lauschte. Von den Joggern am Strand konnten die Hilferufe nicht kommen. Die waren zu weit entfernt, schauten nur kurz hoch und rannten weiter. Bei der Frühgymnastikgruppe drehten sich ein paar Köpfe von der Vorturnerin weg, in Gretjes Richtung. Von denen kamen die Schreie auch nicht. Die Person, die auf der unteren Promenade von einem kleinen Kläffer vorwärts gezogen wurde, den sie sich schließlich wie ein Kuscheltier unter den Arm klemmte, schied ebenfalls aus. Die lief daher, als hätte sie es nicht gehört.

Der Schrei, die Hilferufe, das Gebrüll eines Babys mussten von oben kommen, von der Georgshöhe. Jetzt erblickte die Hobbyermittlerin eine Frau, die in einem Tempo, als wäre der Teufel hinter ihr her, den Weg von der Aussichtsdüne herunter raste. Gretje beschleunigte. Die Walkingstöcke klapperten hart und monoton über die Steine, doch das übertönte nicht die Hilferufe, die näher kamen und schließlich in einem heiseren Stammeln verebbten.

Sollten sich die Worte ihres alten Freundes Onno Fokken schon wieder bewahrheiten? Liegt denn ein Fluch auf mir?, schoss es Gretje durch den Kopf. Wieso passiert immer dann etwas Schreckliches, wenn ich auf die Insel fahre und ein paar entspannte Tage in der Friesenrose verbringen will? Das müsste doch mit dem Teufel zugehen!

Letzten Sonntag war sie nun mit ihrem Kumpel Piet angereist, und bis heute war alles gutgegangen. Aufgrund des Feiertags mit dem verlängerten Wochenende war die Insel bis auf das letzte Bett ausgebucht. Onno Fokken, dem die Friesenrose gehörte, hatte sie vorgewarnt. Doch das konnte Gretje Blom nicht von einem kleinen Urlaub abhalten. Sie musste mal wieder raus und was anderes sehen als ihre vier Wände in Rhauderfehn. Außerdem liebte sie ihre drei *Jungs*, Onno, Piet und Leon, die gemeinsam mit ihr eine Art Wohngemeinschaft auf Zeit waren. Drei Rentner und ein attraktiver Physiotherapeut, der vom Ruhestand weit entfernt war.

»Hilfe! Hilfe! Polizei!«, drang die heisere Stimme durch das Wimmern des Säuglings. Die Frau stolperte auf Gretje zu, das Tragetuch mit dem Winzling an sich gepresst. Hoffentlich ist nichts mit dem Baby, dachte Gretje und lief, so schnell sie konnte.

Ein Blick in die Augen der Frau sagte alles. Das Grauen spiegelte sich in ihnen.

»Was ist denn los? Mensch Wicht, du bist ja völlig aufgelöst«, sprach Gretje die Unbekannte an. »Ist was mit dem Baby?« Tiefblaue Kulleraugen sahen sie ernst an. Ein letztes Aufschluchzen und dann ein Lächeln, bei dem der alten Dame das Herz aufging. Zaghaft strich sie ihm über die Wange.

»Da oben«, presste sie zwischen den Lippen hervor. »Bei dem Anker. Da ist alles voller Blut. Da liegt einer, der hat ein Messer …« Sie war nicht in der Lage, das auszusprechen, was sie gesehen hatte. Erst bei dem Glucksen ihres Babys entspannte sich ihre Mimik. Sie entschuldigte sich tausendmal bei dem kleinen Theo, weil sie ihn aufgeweckt hatte.

»Und wie heißt du?«, wollte Gretje wissen.

»Anna Franke«, sagte sie. »Ich muss jetzt auch weg. Meine Mutter hat heute Geburtstag und ich darf nicht zu spät zum Frühstück kommen.«

Gretje sah auf die Uhr, es war kurz nach acht.

»Warte mal!«, sagte Gretje. »Ich gehe da jetzt rauf und sehe selber nach, was los ist. Wo musst du denn hin, zum Frühstück?«

Anna nannte ihr das Hotel. Mit dem Ärmel wischte sie sich übers Gesicht, bemüht, wieder normal dreinzuschauen. Dabei murmelte sie unentwegt zusammenhangloses Zeug und dass sie sich als Mutter nicht so gehen lassen durfte.

Gretje, als lebenserfahrene Frau, schüttelte innerlich den Kopf.

»Schaffst du das? Alleine zum Hotel? Ist wohl besser, wenn du auf mich wartest, bis ich wieder unten bin. Oder bis die Polizei da ist.« Gretje Blom hatte sofort den Notruf gewählt. Die Ordnungshüter mussten jeden Augenblick eintreffen.

»Weiß nicht«, flüsterte Anna. »Ich kann meinen Mann anrufen.« Gretje nickte.

»Ich geh dann jetzt da rauf. Setz dich hier mit dem Lütten auf die Stufen und lass niemanden vorbei. Anna, kriegst du das hin?«

»Hm.« Sie setzte sich, wiegte ihr Baby und schien für den Augenblick alles um sich herum zu vergessen. Mit gemischten Gefühlen schlug Gretje den Weg nach oben ein.

Kapitel 2

Jan Berg verzog das Gesicht, als hätte er Zahnschmerzen. Gretjes Anruf, begleitet von diesem dämlichen Klingelton, den er längst geändert haben wollte, passte ihm gar nicht in den Kram. Er war spät dran, ein Notruf hatte ihn aufgeschreckt und Gretje wollte wahrscheinlich nur quatschen.

»He! Gretje«, knurrte er einigermaßen freundlich. »Ich kann jetzt nicht. Ruf mich später an. Ein Notruf!«

»Wollte auch nur sagen, bin schon vor Ort. Und dich vorwarnen, weil …«

»Wo bist du?«, bellte er zurück.

»Am Tatort! Auf der Georgshöhe. Beim Anker.«

***

»Benimm dich wie ein echter Ostfriese und texte mich nicht voll«, fuhr Bea Bissick ihren Kollegen, Hauptkommissar Jan Berg, an. Mit Blaulicht war er am Campingplatz vorgefahren, um sie abzuholen. »Normalerweise seid ihr Ostfriesen doch als mundfaul verschrien.« War es nicht schlimm genug, dass er sie zu nachtschlafender Zeit aus dem Schlafsack geholt hatte? Na gut, gestand sie sich ein, so früh war es nicht mehr. Aber wie konnte er als erfahrener Inselpolizist so blöd sein, den Campern durch diese Aktion heißen Gesprächsstoff zu liefern? Auf dem Platz konnte sie nicht länger bleiben. Das dumme Geschwätz der Campingclique war ohnehin kaum auszuhalten. Aber jetzt war nicht der Moment, das Problem zu lösen. Sie mussten schnellstmöglich an den Tatort.

»Was hat Gretje genau gesagt? Erzähl! Ich will Einzelheiten!«, forderte sie ihn auf.

»Unsere alte Spürnase ist schon wieder vor mir am Tatort«, sagte er ärgerlich. »Sie hat das Opfer aber nicht als Erste gesehen, sondern eine junge Mutter. Die hat völlig hysterisch geschrien, hat Gretje gesagt. Bestimmt hat sie etwas übertrieben. Die Frau ist ihr direkt in die Arme gelaufen.«

»Typisch«, sagte Bea. »Ich kenne sie ja noch nicht so lange. Aber es ist doch seltsam, dass Gretje immer mit im Spiel ist, wenn ein Verbrechen geschieht. Hat sie den Notruf abgesetzt?«

»Keine Ahnung. Glaub wohl. Ihr Anruf bei mir war auf meiner Privatnummer. Um mich vorzuwarnen!«

»Vorwarnen? Wovor?«

»Blut!«, stieß er angewidert hervor. »Viel Blut!«

»Hast du ein Problem damit?«

Jan Berg antwortete nicht.

Bea musterte ihren Kollegen von der Seite. Seine Finger krallten sich ums Lenkrad, kaum merklich nickte er.

»Nee, nicht?«, japste Bea. »Ich glaube es nicht. Ein Bulle, der kein Blut sehen kann!« Die Beamtin fing an zu gackern wie ein aufgescheuchtes Huhn. »Ich fass es nicht! Das gibt's doch nur auf einer Insel. In eurer schönen, heilen Welt. Wird echt Zeit, dass ihr Verstärkung von einer erfahrenen Kollegin aus der Stadt bekommt.« Sie meinte sich selbst.

»Klappe!« Jan Berg stoppte den Wagen, sie hatten ihr Ziel erreicht. Forschen Schrittes nahm er die ersten Stufen zur Georgshöhe. »Moin Piet«, grüßte er im Vorbeigehen Gretjes Freund. An Piet Hansen kam man nicht vorbei, wenn man Gretje kannte. Der hagere Ostfriese begleitete sie wie ein Schatten überall hin. Er hatte es sich anscheinend zur Aufgabe gemacht, auf die eigensinnige Lady aufzupassen und einzugreifen, wenn sie mal wieder über die Stränge schlug. Nun hatte er Order von seiner ›Miss Marple‹, den Aufgang zu bewachen und niemanden außer Polizei und Rettungsdienst vorbeizulassen.

»Sorry, mein lieber Kollege«, kicherte Bea leise, »aber wenn ich das meinen Kollegen in Osnabrück erzähle …« Plötzlich schaltete sie in einen ernsthaften und besorgten Modus um. Immerhin war sie Profi, spezialisiert auf akute Notfälle. Bea Bissick wurde dann hinzugerufen, wenn es um traumatische Erlebnisse ging. Augenblicklich legte sie dann ihre Schnoddrigkeit ab wie einen Mantel an der Garderobe.

»Lass mich besser vorgehen.«

Sie drängelte sich an Jan Berg vorbei und lief mit federnder Leichtigkeit vor ihm her. Die kleine Polizistin mit dem wippenden Pferdeschwanz war gut trainiert, stellte er wieder einmal fest.

»Zum Kotzen«, nuschelte sie.

Jan Berg blieb stehen, mit dem Spruch konnte er nichts anfangen. Bea Bissick drückte ihm wortlos eine Tüte in die Hand. In fetten Buchstaben stand das darauf geschrieben.

»Hä?«, fragte er grinsend. Er versuchte cool rüberzukommen und erkundigte sich, ob sie immer diese Tüten dabeihätte.

»Na ja«, erwiderte sie, »ich benutze die eigentlich als Butterbrotstüte.« Unnötigerweise fügte sie noch hinzu: »Vorher natürlich. Da matscht nichts durch und es läuft nichts aus. Echt gut, die Dinger!« Die Polizistin nahm die Stulle aus der Tüte und warf sie achtlos in das Heckenrosengestrüpp. Sofort stürzten sich kreischende Möwen auf den feinen Imbiss.

Gretje Blom lehnte an dem Geländer der Aussichtsplattform, die Hände in die Seiten gestemmt, und hielt nach der Polizei Ausschau. Sie atmete hektisch, kalkweiß im Gesicht, und sah aus, als müsste sie sich vorm Jüngsten Gericht verantworten.

»He!«, begrüßte Jan Berg sie nach Insulanerart.

»Hat ganz schön lange gedauert!« Erst jetzt erkannte sie, dass er Bea Bissick als Verstärkung mitgebracht hatte. »Wo hast du die denn aufgegabelt?« Sie nickte seiner Kollegin zu, zeigte auf die Stelle, wo die Leiche lag, und flüsterte: »Gott sei Dank, dass ihr da seid. Da vorne. Da, auf dem Anker. Der ist tot! Aber noch nicht lange.«

Die Kommissarin aus der Stadt nahm den Tatort in Augenschein. Jan Berg heftete sich an ihre Fersen, bestrebt, keine Schwäche zu zeigen. Bea war schon nah an dem Toten und riet ihrem Kollegen zurückzubleiben. Er nahm das nicht ernst und bemerkte zu spät die dunkle Blutlache. Ihm wurde schwindelig, er stützte sich an einer Bank ab und war dankbar für Beas ›Butterbrotstüte‹, die er sich noch rechtzeitig vor den Mund halten konnte.

Gretje hatte es schon geahnt, sie war sofort bei ihm und stellte sich so vor ihn, dass ihm der Anblick erspart blieb. Sie strich ihm das Haar aus der Stirn. »Junge, Junge, Junge! Das ist ja genau wie früher mit dir. Was machen wir denn nur mit dir?«

Er spuckte und röchelte immer noch. Als nichts mehr kam, wischte er den Schweiß von der Stirn, trank einen Schluck Wasser und riss sich zusammen. Grün im Gesicht und am ganzen Körper zitternd, schlich er sich an seine Kollegin heran, sie stand nur eine Handbreit von dem Toten entfernt.

»Mord!«, flüsterte Gretje und dachte: Immer passiert etwas, wenn ich auf Norderney bin. Wat für ein teuflischer Fluch.

»Bestialisch abgestochen«, knurrte Jan Berg.

Das schnappte der Notarzt bei seiner Ankunft als Erstes auf. Wie immer war er tadellos angezogen, sein Köfferchen schwenkte er in der Hand. Dr. Feldmann war bekannt dafür, dass er im Dienst immer eine Fliege trug. Heute war es ein Exemplar mit Totenköpfen, das seinen Hemdkragen zierte. Auch ohne näher hinzusehen, konnte er den Tod des

Mannes, der seltsam unnatürlich auf dem Stockanker lag, diagnostizieren. Für den konnte Dr. Feldmann nichts mehr tun, das beeinträchtigte seine Stimmung jedoch nicht. Ein Anblick wie dieser, die gnadenlose Konfrontation mit dem Ende, wirkte sich nicht mehr negativ bei ihm aus. Bevor er sich dem Toten widmete, musste er noch loswerden, wie schwierig es war, durch die größer werdende Menschenmenge hindurchzukommen.

Gretje Blom, Jan Berg und Bea Bissick hatten es kaum bemerkt, erst jetzt drang das Stimmengewirr von unten in ihre Ohren. Es schwoll beständig an.

Schaulustige blieben stehen. An den Fenstern der nahe gelegenen Rehaklinik drückten sich viele die Nasen an den Scheiben platt. Besonders in den oberen Stockwerken, von denen man einen exklusiven Blick auf den Tatort, einschließlich Leiche, haben musste. Live bei einem Mordfall dabei zu sein, hatte eine magische Anziehungskraft. So etwas konnte das Unterhaltungsprogramm der Kurverwaltung nicht bieten. Schockiert standen sie herum, rührten sich nicht von der Stelle. Es gab aber auch andere Stimmen, die sich gegenseitig hochschaukelten und fragten, wofür sie überhaupt Kurtaxe zahlten. Ein Mord an einem Kurort. Das durfte nicht sein!

»Ach«, näselte Dr. Feldmann süffisant, »unsere Privatermittlerin ist auch schon wieder am Tatort?« Seine buschige Augenbraue schnellte in die Höhe, berührte um Haaresbreite die schwarze Locke auf seiner Stirn. Er war mit Gretje noch nicht fertig. »Sie brauchen wohl öfter mal so ’nen kleinen Kick, auf Ihre alten Tage?« Unsanft schob er sie zur Seite. »Haben Sie etwas angefasst? Oder wieder Indizien verschwinden lassen?«

»Habe nur ein wenig von dem Blut geleckt«, entgegnete sie schlagfertig. »Ist für euch aber immer noch genug da. Und die Tatwaffe hab ich auch nicht eingesteckt, obwohl die ja daneben lag. Habe dem armen Kerl das Messer ausnahmsweise nicht aus der Brust gezogen.« Sie zeigte auf die blutverschmierte Klinge. »Obwohl … so ein scharfes Küchenmesser, das könnte ich zu Hause noch gebrauchen.«

Kratzbürstig beobachtete sie Dr. Feldmann, der den Gegenstand und die Stichverletzungen begutachtete. Zwei Einstiche im Brustbereich. Das waren aber noch nicht alle. Es musste mindestens einen im Rücken geben. Bei ihrer Ankunft am Tatort hatte Gretje alles genau fotografiert. Vor allem das Stückchen Papier auf seinem Brustkorb, das mit dem Blut verklebte und eintrocknete. ›Alles endet!‹, stand darauf. Keine Unterschrift. Aber mit einem Sticker verziert. Ein Totenkopfsticker! Die Schrift war sehr gut lesbar, sauber und ordentlich. Kein Buchstabe war verschmiert, nicht einmal an den Rändern. Aber von den Fotos würde sie der Polizei und erst recht dem komischen Vogel von einem Arzt nichts sagen.

»Wann rückt denn eure Verstärkung an, um den Tatort zu sichern?«, fragte Gretje den Inselpolizisten.

»Muss jeden Moment hier sein. Wir haben personellen Engpass. Urlaub und Krankmeldungen. Bea ist ja schon extra zur Verstärkung zu uns abgeordnet worden.«

»Meine Jungs schaffen das nämlich nicht mehr lange allein«, sagte Gretje. Sie meinte Onno, Piet und Leon, die es schwer hatten, die Wege nach oben zu verbarrikadieren. Piet kam auf die verrückte Idee, eine Menschenkette zu bilden. Er leitete sie an. Die Leute hielten sich an den Händen und glaubten dem freundlichen Ostfriesen, der von einem *Flashmob* sprach. Mit einer Engelsgeduld, für die er einen Orden verdient hatte, erklärte er den Neugierigen die spontan ins Leben gerufene Aktion *Anker für den Frieden*. Piet forderte sie auf, entweder mitzumachen oder aber weiterzugehen.

Das anrückende Polizeiaufgebot, die ruckzuck angebrachten rot-weißen Flatterbänder, vor allem aber das Fahrzeug des Beerdigungsinstituts zerstörten die Illusion eines friedlichen Events.

Jan Berg wandte sich ab, als die Leiche auf eine Trage gelegt, abgedeckt und abtransportiert wurde. Der Verstorbene kam in die Gerichtsmedizin nach Oldenburg. Schon allein Dr. Feldmanns respektlose Kommentare verursachten ihm erneute Übelkeit. Das Harmloseste, was der Mediziner von sich gab, war der Spruch: »Hier möchte ich auch nicht tot überm Zaun hängen! – Jammerschade, dass der Dahingeschiedene diese herrliche Aussicht nicht mehr genießen konnte.«

»Norderney sehen und sterben«, murmelte Bea Bissick sarkastisch. Auch wenn sie das sehr leise sagte, blieb es nicht ungehört.

In allen Einzelheiten ließ der Mediziner sich über die Fraktur des Schädels aus. Bildhaft beschrieb er die Spuren glibbriger Gehirnmasse, die an der Ankerspitze, welche seinen Schädel gespalten hatte, klebten. Die Messerstiche allein, einer traf die Lunge, waren seines Erachtens nicht für den Tod des Mannes verantwortlich. Der Tote war bei dem Angriff zu Boden gegangen und dummerweise mit dem Hinterkopf voll auf die eiserne Spitze des historischen Ankers gestürzt. Tragisch! Erst recht, wenn man bedachte, dass mit dem Anker den Norderneyer Seefahrern, die nie zurückgekehrt und vom Meer verschlungen worden waren, ein Denkmal gesetzt worden war.

Der Tote in den Joggingklamotten einer bekannten, teuren Marke war schätzungsweise um die sechzig. Wie nicht anders zu erwarten, hatte er keine Papiere bei sich. Nur ein Handy und zwei Schlüssel. Die Pulsuhr am Handgelenk registrierte nichts mehr. Null Puls. Ein Schlüssel konnte der benachbarten Rehaklinik zugeordnet werden. Bea Bissick tütete alles in sterile Beutelchen ein.

»Die Schlüssel sind zumindest ein Anhaltspunkt«, stellte sie fest.

»Hm«, brummte Jan. »Meinst du, wir sollten jetzt gleich rübergehen in die Klinik?«

»Quatsch! So, wie du aussiehst, gehst du nirgendwo hin. Wir fahren zur Wache, du erholst dich etwas und ich erledige währenddessen die üblichen Telefonate. Bis mittags bist du doch wieder okay?« Mord und Totschlag waren ihr vertraut, das merkte man gleich.

»Lass mich mal gucken.« Gretje verfolgte jeden Handgriff, jeden Schritt der Hauptkommissarin. Sie hielt ihr Handy bereit für weitere Fotos.

»Gute Frau«, mischte Dr. Feldmann sich wieder ein. »Haben Sie heute nicht schon viel zu viel gesehen? Gehen Sie nach Hause! Sie stehen unter Schock. Sie brauchen ganz viel Ruhe. Besonders in Ihrem Alter. Ich gebe Ihnen eine Beruhigungsspritze. Rein präventiv.« Schon hantierte der Notarzt mit einer Spritze.

»Nee, mien Jung«, giftete Gretje und schlug ihm kräftig auf die Finger. »Ich hab alles, was ich brauche. Und ich sag dir, ich krieg das raus. Ich finde den Täter. Ausruhen! – Von wegen! Kümmere dich man lieber um die Frau, die den Toten gefunden hat. Sie müsste noch da sein. Tschüss denn«, verabschiedete sie sich.

Kapitel 3

Dieser hochnäsige Dr. Feldmann ging Gretje Blom gehörig auf die Nerven. Eingeschnappt trat sie den Rückzug an. Ein unverschämter Kerl!, dachte sie. Ihr Verstand lief auf Hochtouren. Viele Fragen gingen ihr durch den Kopf, einige davon konnte nur die junge Mutter, Anna Franke, beantworten. Zwischen den vielen Menschen konnte sie sie aber nirgends entdecken. Ob die bei dem Familienbrunch wohl einen Bissen herunterbekam? Ob sie von ihrem Erlebnis erzählen würde? Dem Geburtstagskind würde der Appetit vergehen. Gretje versuchte, sich in sie hineinzuversetzen. Ihrem Mann konnte Anna jedenfalls nichts vormachen, der hatte sie ja anscheinend abgeholt.

»Wir werden hier nicht mehr gebraucht!« Gretje ging zu ihren Jungs, zu Onno, Piet und Leon. »Was meint ihr, wie lange die Polizei die Schaulustigen und die Presse noch vom Tatort fernhalten kann?«

»Und ich sag noch, Morgenstund hat Gold im Mund«, brummelte Onno Fokken. Er nahm die blaue Strickmütze ab, knetete sie mit seinen kräftigen Händen, dann setzte er sie wieder auf. »Dat haut auch den stärksten Matrosen um«, fasste er seine Eindrücke zusammen.

»Leute, das müssen wir erstmal verdauen«, seufzte Gretje. »Schlage vor, wir stärken uns bei einem Tee und einem anständigen Frühstück. Und dann …«

»SOKO: SPORT IST MORD?«, witzelte Leon. Tröstend legte er einen Arm um die kleine Ostfriesin und drückte sie. »Zum Glück fange ich heute erst um zwei an. Bis dahin kann ich dich wieder einigermaßen fit machen. Kleine Massage, Gretje?«

»Ach mien Jung, davon wird's auch nicht besser.« Sie drückte seine Hand und schmiegte sich bei ihrem Lieblingsmitbewohner an. »Wir müssen den Mörder finden, bevor der das Weite sucht und rüberschippert aufs Festland.«

»Oder noch weitere Jogger absticht!«, meinte Onno. »Soll ja Leute geben, die einen Hass auf Sportler haben.«

»Wenn der man nicht schon weg ist!«, mutmaßte Piet. »Ich jedenfalls würde mit der nächsten Fähre abhauen.«

»Aber vorher muss der noch was Sauberes anziehen. An seinen Klamotten klebt garantiert Blut«, gab Gretje zu bedenken.

Auf dem Weg zur Friesenrose fiel Gretje siedend heiß ein, woher sie das Opfer kannte. Auf ihren morgendlichen Walkingrunden war sie dem drahtigen Jogger schon öfters begegnet. Man grüßte sich, so wie es unter Sportlern üblich war. Mehr aber auch nicht. Der Mann schenkte ihr immer ein Lächeln, wenn sie sich sahen. Manchmal auch noch ein nettes Wort. Ein angenehmer Mensch. Warum musste ausgerechnet er sterben? Das war keine Tat im Affekt. Hier ging es um vorsätzlichen Mord. Wie sehr musste der Täter ihn gehasst haben, um ihn kaltblütig zu erstechen?

Nach den ersten Schlückchen Tee breitete sich eine nachdenkliche Ruhe in der Wohngemeinschaft aus. Onno starrte in das Sahnewölkchen seiner Tasse, das sich wie eine fette Regenwolke nach allen Seiten ausdehnte. Keiner sagte etwas, nur das Knistern der Kluntjebrocken war zu hören. Gretje durchbrach die Stille, sie legte ihr Smartphone mit den Fotos mitten auf den Tisch. »Könnt ihr euch ja mal angucken. Kein schöner Anblick.«

Voller Abscheu betrachtete Leon jede Aufnahme, selbst er konnte dabei nicht cool bleiben. Er rührte seine Brötchenhälfte nicht mehr an, als er den Toten sah. Er kannte ihn.

»Ferdinand«, raunte er. »Den kenne ich! Der war bei mir zur Massage. Sympathischer Typ.«

»Wann war das? Worüber habt ihr euch unterhalten? Was weißt du über ihn?«, prasselten die Fragen von allen Seiten auf Leon ein.

»Scholz heißt er. Dr. Ferdinand Scholz. Wann der das letzte Mal bei mir war, kann ich nicht sagen, da müsste ich nachsehen. Ich glaub, letzte Woche noch.«

»Das ist doch unwichtig, wann der bei dir gewesen ist«, sagte Piet. »Interessanter ist doch, was der hier gemacht hat. War er ein Tourist oder lebte der auf der Insel?«

Leon erzählte von Ferdinands Begeisterung darüber, dass er jetzt endlich auf Norderney leben konnte. Er war Arzt, Internist, und überglücklich, seinen Lebenstraum zu verwirklichen. Einer von seinen Söhnen hatte die Arztpraxis übernommen. »Der machte so einen zufriedenen Eindruck. So rundum glücklich, mit sich und der Welt im Reinen. Wenn ihr versteht, was ich meine.«

»Auf unserer Rentnerbank hab ich den aber noch nicht sitzen sehen«, sagte Gretje. »Was hat der denn sonst noch erzählt? Lebte er von seiner Rente oder Ersparnissen? Oder hatte er hier einen Job?«

»Er hat von seinem Job in der Rehaklinik geschwärmt. Seit August war er da. An zwei Tagen in der Woche. Als Arzt natürlich. Mit seinen zweiundsechzig Jahren wollte er keinen Stress mehr, hat er gesagt. ›Ich will mein Leben am Meer genießen. Gearbeitet hab ich mehr als genug, es gab ja nicht nur gute Zeiten.‹ Davon hat er aber nichts erzählt. Nur noch von seinen Fernreisen und Kreuzfahrten. Kleiner Angeber, wenn ihr mich fragt. Er hat mehrmals erzählt, wie gut er für seine Familie gesorgt hatte, selbst als er in einer Krise steckte.

»Was das wohl für eine Krise war?«, dachte Piet laut.

»Ehekrise?«, tippte Piet.

»Seine Frau ist vor ein paar Jahren verstorben«, sagte Leon.

»Ende mit der Krise mit Luise«, scherzte Gretje.

»Natürlich hat er auch mit seiner Kohle angegeben. Seine Söhne könnten sich über ein feines Erbe freuen.«

»Mannomann, was die Leute dir so alles erzählen«, staunte Onno.

»Hmm.« Leon schmunzelte. »Ihr glaubt gar nicht, was für abgefahrene Geschichten mir zu Ohren kommen. Für manche bin ich sowas wie ein Beichtvater. Die vertrauen blind auf meine Verschwiegenheit. Eine Absolution kann ich ihnen allerdings nicht erteilen.«

Onno und Piet studierten die Tatortfotos nun ebenfalls gewissenhaft. Onno sprang urplötzlich auf, ging in die Küche und kam mit einem Küchenmesser zurück. »Hier. Ich hab auch so eins wie das auf dem Foto.« Sein Messer ging von Hand zu Hand. Es hatte eine frappierende Ähnlichkeit mit der Tatwaffe, mit der Dr. Ferdinand Scholz abgestochen worden war.

***

Die vier schreckten auf, als es Sturm klingelte. Sie erwarteten keinen Besuch. Vor der Tür stand Bea Bissick. Sie begrüßte den Hausherrn mit den Worten: »Onno Fokken, du musst mir Asyl gewähren!«

»Was muss ich?«, fragte er belustigt. »Gar nix muss ich.«

»Oh Mann! Nun sei doch nicht so stur, du oller Fischkopp!« Die Polizistin schenkte dem Ostfriesen, der sich wie ein Leuchtturm vor ihr aufbaute, ihr freundlichstes Lächeln. Sie war überzeugt davon, dass er ihr den Fischkopp nicht übelnahm.

»Denn komm man rin, du olle Schnippe«, konterte Onno. »Wo brennt's denn?«

»Die braucht garantiert ein Zimmer«, rief Gretje.

Bea nickte. »Onno, ich weiß ja, dass du nicht vermietest, aber bitte mach einmal eine einzige Ausnahme. Für mich. Bitte! Oder ist das Zimmer Nummer fünf schon wieder belegt?«

Onno strich sich über seinen runden Bauch in dem blau-weiß geringelten Shirt und dachte nach. Am besten konnte er das, wenn er seine Mütze währenddessen abnahm, seinen Kopf von allem Störenden befreite und das arme Strickteil mit seinen kräftigen Händen bearbeitete, als würgte er es. Nachdem er damit fertig war, sagte er trocken: »Seit wann bin ich denn dein Freund und Helfer? Das ist doch dein Job.«

Gretje appellierte wieder einmal an Onnos großes Herz. Bea Bissick grinste. »Ist ja nur für zehn Tage und natürlich bezahle ich auch was dafür. Spesen. Sind sechzig Euro die Nacht okay?«

»Hm. Ohne Frühstück. Mit Frühstück wird das zehn Euro teurer.«

»Halsabschneider«, schimpfte sie. »Ich wusste es doch! Mann Onno, danke!« Sie knuffte ihn auf den Arm und traf zufällig die Stelle, auf der die Rote Lola eintätowiert war.

»Da nich für. Aber Vorauskasse.«

Bea blätterte anstandslos die Scheine hin. Nebenbei erzählte sie vom Leben auf dem Campingplatz, auf dem sie in ihrer Not ein Zelt aufgeschlagen hatte.

»Mein Gott! Das ist ja ein Völkchen für sich, diese Camper. Jürgen und Petra, meine Zeltnachbarn, die fetzen sich den ganzen Tag. Nichts kann er ihr recht machen.« Bea ahmte Petras Gemecker nach. »Und dann stellt euch mal vor, wie das bei denen ankommen musste, als der Inselsheriff mit Blaulicht vorfährt und mich mit dem Streifenwagen abholt!«

»Die glauben jetzt, du hast etwas ausgefressen«, kommentierte Piet.

»So, wie du aussiehst«, scherzte Leon.

»Noch so'n Spruch! Was glaubt ihr, wie die sich die Mäuler zerreißen? Ich hab bei der Anmeldung extra kein Sterbenswörtchen von meinem Beruf verraten.«

Gretje verstand nicht, wieso der Inselfriseur, mit dem Bea bei ihrem letzten Inselaufenthalt so gut konnte, nicht sein Bett angeboten hatte. Bea verdrehte die Augen und machte ihrem Ärger Luft. »Ist aber auch zu blöd, dass der ausgerechnet über den Feiertag abhaut und seine Schwester bei sich einquartiert. Und mein werter Kollege Jan wollte mir allen Ernstes die Arrestzelle schmackhaft machen.«

»Willste auch 'nen Tee?«, lud Gretje ein.

»Danke. Lieber einen Kaffee. Hab aber nicht viel Zeit. Bin mit Jan an der Rehaklinik verabredet. Wir gehen davon aus, dass jemand aus der Klinik den Toten identifizieren kann«, seufzte sie. »Das Einzige, was wir an Anhaltspunkten haben, sind zwei Schlüssel. Und sein Handy, die Daten müssen aber noch ausgelesen werden.«

»Wir könnten dir das wohl sagen, wer das Opfer ist«, trumpfte Gretje auf.

»Ach, echt? Sagt bloß, ihr habt den Namen?« Unsanft stellte Bea ihre Tasse zurück. »Gretje, hast du dem etwa die Papiere abgenommen?«

Der drohende Unterton in Beas Stimme schüchterte die rüstige Dame, die wohl doppelt so alt war, keineswegs ein.

»Nee!« Gretje Blom tippte sich an die Stirn. »Dr. Ferdinand Scholz ist das Opfer!« Sie nickte in Leons Richtung. »Er kannte ihn. Was unser Leon aber auch alles mitkriegt.«

Noch einmal erzählte der Physiotherapeut alles, was ihm von Dr. Ferdinand Scholz in Erinnerung geblieben war.

»Wow! Großartig! Danke.« Bea Bissick trank ihren Kaffee aus, steckte den Schlüssel von Zimmer Nummer fünf ein, und schon war sie weg.

Kapitel 4

»Hat Onno dir das Zimmer gegeben?«, fragte Jan seine Kollegin.

»Klar. Was denkst du denn? Bei meinem Charme!« Sie machte sich über sich selbst lustig.

»Wenn du da wohnst, musst du aber höllisch aufpassen, keine Amtsgeheimnisse auszuplaudern. Gretje Blom ist ziemlich raffiniert.«

»Das musst du gerade sagen«, erwiderte Bea. »Keine Panik. Ich habe das im Griff.«

Von dem Klinikgebäude aus sahen sie noch einmal zum Tatort hinüber. Von der Absperrung war schon nichts mehr zu sehen. »Das ging aber verdammt zügig. Ich werde mich noch mal vergewissern, ob wirklich alle Spuren beseitigt sind. Blutspritzer und so. Du weißt schon.«

Der Hauptkommissar fand das völlig überflüssig. Hoffte Bea etwa auf eine Entdeckung, die sie weiterbringen würde? Es machte aber keinen Sinn, sie davon abzuhalten. Entschlossen schlug sie den Weg auf die Georgshöhe ein.

»Ich komme nicht mit. Wir sollten lieber umgehend mit den Ermittlungen anfangen! Und zwar hier«, rief Jan ihr hinterher. Gretje Blom kam ihm in den Sinn. Ob sie wieder einmal der Polizei eine Nasenlänge voraus war und den Täter vor ihm schnappte? Das musste er verhindern. Wie würde er sonst seiner Kollegin gegenüber dastehen? Gerade von ihr wollte er nicht als trotteliger Inselpolizist abgestempelt werden.

Bea Bissick kontrollierte in Rekordzeit den Tatort. Es dauerte nicht lange, da war sie schon wieder bei Jan Berg. »Ich habe mir alle Fluchtmöglichkeiten angesehen«, sagte sie. »Entweder ist der Täter über die Promenade abgehauen oder aber in Richtung Ort. Was meinst du? Welchen Weg würdest du denn nehmen?«

»Blöde Frage. Ich hab doch niemanden umgebracht!« Jan wurde aber doch nachdenklich. »Schwer zu sagen. Einiges spricht für die Strecke am Meer entlang, aber vieles auch für die andere Richtung. Darüber sollten wir uns später den Kopf zerbrechen.«

Die Gespräche in der Empfangshalle verstummten, als die Beamten die Klinik betraten. Den Patienten und Mitarbeitern, die Wind von dem Mord bekommen hatten, saß der Schock anscheinend schwer in den Knochen.

»Schrecklich! Ein Mord direkt vor der Haustür«, begrüßte die Empfangsdame die Polizeibeamten. »Sagen Sie«, sie senkte die Stimme, »ist das wahr, was man so hört? Das Opfer soll an der Flunke des Ankers aufgespießt worden sein? Es gibt Gerüchte um einen Ritualmord«, flüsterte sie. Dann wechselte sie das Thema und erkundigte sich nach dem Anliegen der Kommissare.

»Flunke?«, Beas Augenbraue zuckte. Der Begriff war ihr fremd.

»Sie sind wohl nicht von hier, Frau Kommissarin?«, fragte die Dame, auf deren Namensschild *Kerstin Starke* stand. Freundlich lächelnd erklärte sie, dass mit *Flunke* die Ankerspitze gemeint war.

»Aha. Wieder was dazugelernt«, bedankte Bea sich. Auf die kursierenden Gerüchte ging sie aber nicht ein.

»Bea Bissick! Bissick mit ck am Ende«, stellte sie sich vor und beantwortete dann die Frage ihrer Herkunft. »Nein, ich bin nicht von hier. Ich komme aus der Großstadt. Verstärkung.«

»Ach? Schafft die Polizei vor Ort das nicht mehr alleine? Oder war das vielleicht ein Mord mit Ankündigung? Und deswegen sind Sie hierhin abgestellt worden? Sie sollten einen weiteren Mord verhindern?« Abschätzend taxierte die adrett Gekleidete die Polizistin. »Traurig, dass Sie diese Tat nicht verhindern konnten. Wirklich traurig. Weiß man, wer der Tote ist?«

»Ihr Interesse in allen Ehren, Frau Starke, aber ich möchte Sie bitten, keine weiteren Gerüchte in die Welt zu setzen.«

»Das ist eine polizeiliche Anweisung«, kam Jan Berg seiner Kollegin zu Hilfe. Der Empfangsmitarbeiterin entglitt das berufsmäßige Lächeln.

»Also, Frau Bissick, was können wir für Sie tun?«, wiederholte sie pikiert ihre Frage.

»Der Tote hatte einen Schlüssel der Klinik in seinen Sachen. Uns ist auch ein Name genannt worden. Stellen Sie anhand der Nummer bitte fest, wem der Schlüssel gehört.« Jan Berg war sichtlich genervt von dem Gezicke zwischen den beiden Frauen.

»Oh, mein Gott!«, rief Kerstin Starke theatralisch. »Dann ist es ein Patient von uns gewesen?«

»Nun mal keine voreiligen Schlüsse. Das wird sich noch herausstellen.«

»Selbstverständlich können wir Ihnen sagen, auf wen der Schlüssel eingetragen ist. Ich sage in der Verwaltung Bescheid.« Sprach's und griff zum Hörer. »Meine Kollegin holt Sie gleich ab. Möchten Sie vielleicht einen Kaffee?« Sie wies auf den Kaffeeautomaten bei der Sitzgruppe und legte zwei Münzen auf den Tresen.

»Danke. Sehr freundlich.« Bea suchte unterdessen nach einem Tatortfoto, das sie ihr zeigen konnte. »Kennen Sie diesen Mann? Haben Sie den schon einmal gesehen? Ist das Ferdinand Scholz?«

Der Anblick der Leiche machte Kerstin Scholz weiche Knie. Sie schluckte, sagte kein Wort. Wankend, nach Halt suchend klammerte sie sich an ihren Empfangstresen, auf dem Stuhl dahinter sackte sie in sich zusammen. Stoßweise presste sie die Luft aus ihren Lungen, ein Tränenschleier nahm ihr die Sicht.

»Sie kennen ihn also.«

»Warum …?«, stammelte Kerstin Starke. »Wieso unser Dr. Scholz? Das war doch so ein Netter und immer gut drauf. Der war doch noch gar nicht lange hier.«

Die angeforderte Verwaltungsmitarbeiterin erschien genau im richtigen Moment. Einfühlsam kümmerte sie sich um ihre Kollegin. »Kerstin, ist dir nicht gut? Was ist los? Soll ich dir ein Glas Wasser holen?«

»Dr. Scholz …«, hauchte Kerstin. »Unser Ferdinand ist tot!«

»Nein! Das glaube ich nicht.« Mit großen Augen sah sie die Polizeibeamten an. »Wirklich? – Ich informiere den Chef. Kerstin, ich bleibe am Empfang, bis du dich erholt hast.«

Die umsichtige Kollegin wusste auch nichts anderes, als dass Dr. Scholz erst seit zwei Monaten zum Ärzteteam gehörte. »Der versprühte immer so eine Energie und unglaublich gute Laune, sobald der nur den Fuß in die Klinik setzte. Unsere Patienten, besonders die weiblichen, schwärmen in den höchsten Tönen von ihm. Der Ferdinand, der hatte das drauf, mit netten Komplimenten. Welche Frau ist da nicht empfänglich für?«

»Ach?«

»Na ja, Kerstin hat das gesagt. Charmant war er, der Ferdinand.«

»Sie duzen sich?« Beas Augenbraue zuckte schon wieder bei der Vorstellung, dass die Ärzte sich mit einfachen Beschäftigten duzten. Das war recht ungewöhnlich.

»Ja. Gleich bei Dienstantritt hat er uns das Du angeboten. Zuerst war es noch komisch, ich meine, befremdlich. Mit den anderen Ärzten duzen wir uns nicht. Das hat Ferdinand aber nicht davon abgehalten, es trotzdem zu tun. Im Gegenteil. Ich glaube, er hat sich insgeheim über seine Kollegen lustig gemacht. Aber …«, sie senkte die Stimme,

»nicht alle fanden das Duzen gut. Seine Lockerheit wird von einigen Kollegen heftig kritisiert.«

Bea und Jan wechselten einen Blick, der wohl bedeutete: Da kommt ein Neuer daher und bringt das Hierarchiegefüge sofort durcheinander. Unvorstellbar, wenn das bei der Polizei auch so wäre.

»Es tut mir sehr leid«, murmelte Bea Bissick betroffen. Die extrem heftige Reaktion von Kerstin Starke hatte sie denn doch ein wenig überrascht.

***

SOKO ANKERMORD, betitelte Gretje ihre Sonderkommission, die sich aus Leon, Onno, Piet und ihr zusammensetzte. Sie hatten keine zündende Idee, wo sie ansetzen sollten. Die Lage war verzwickt. Man diskutierte die Fluchtmöglichkeiten. Dank des Nationalfeiertags auf einem Donnerstag waren die Möglichkeiten, unterzutauchen oder ganz von der Insel zu verschwinden, ausgesprochen gut. Der Täter brauchte sich nur unter einen der vielen Vereine, Stammtische oder Grüppchen zu mischen. Lachen, Leben, Cocktails, Strandspaziergänge, Einkehr in nette Restaurants und ein wenig Nachtleben, das war das Programm der Wochenendtouristen, die sich zu fortgeschrittener Stunde untereinander vermischten.

»'Ne bessere Tarnung, als sich unters Volk zu mischen, gibt's doch gar nicht. Da fällt nicht mal ein Mörder auf«, meinte Piet.

»Mal angenommen, Anna Franke hat etwas Ungewöhnliches bemerkt …« Gretje ging das Bild der jungen Mutter nicht aus dem Kopf. »Da will ich heute Nachmittag mal hingehen und fragen, wie ihr das geht«, beschloss sie.

»Ist dir beim Walken denn vielleicht etwas aufgefallen? Du warst ja um die Zeit auch unterwegs«, warf Leon ein, er kannte Gretjes morgendliche Tour.

»Nee. Nur ein junges Wicht mit blaugrünen Haaren, schwarzen Klamotten und mit so ganz derben Stiefeln. Die hatte einen Dackel dabei, ging wohl Gassi. Ich musste echt grinsen, weil … so ein Rauhaardackel, der passte nun so gar nicht zu dem Style von dat Wicht. Die Haarfarbe war so krass, da konnte ich überhaupt nicht weggucken. Aber die hat nicht einmal aufgeschaut, als ich Moin gesagt habe. Die redete mit ihrem Hund. Auf seinen kurzen Beinchen war der ganz schön flott unterwegs. Sie kam kaum hinterher. Gonzo, hat die den gerufen. Komischer Name für einen Hund.«

»Dackel sind nun mal Jagdhunde. Bestimmt hatte er ein Kaninchen gewittert«, sagte Piet.

Gretje erzählte weiter, dass die *Dackeldame* ihre Haare auf der einen Seite lang bis auf die Schulter hatte, und auf der anderen Seite waren sie millimeterkurz geschoren. Mit einem Mal blitzte es in Gretjes Augen, etwas Wichtiges war ihr eingefallen. »Auf der kurzen Seite baumelte ein Ohrring mit einem glitzernden Totenkopf. Und auf dem Bekennerschreiben, da war doch auch ein Totenkopf.«

»Und nun denkst du, dat die das gewesen ist?«, fragte Onno. »Totenkopf! Das heißt doch nun rein gar nichts. Und das ist auch kein Bekennerschreiben«, belehrte er sie mit seinem Wissen, das aus den Sonntagskrimis im Ersten stammte.

Leon pflichtete Onno bei und klärte Gretje über die neuesten modischen Trends auf. »Totenköpfe sind total hipp. Die findest du in dieser Saison auf T-Shirts, Mützen, Schals, Taschen, eigentlich überall.«

Onno grinste bei Leons Ausführungen. Sein Bauch fing an zu beben. Der stattliche Ostfriese erhob sich gemächlich, öffnete seine Hose, zog den Hosenbund ein Stückchen runter und präsentierte seinen Mitbewohnern die Kehrseite.

»Onno!« Gretjes Aufschrei war eine Mischung aus Empörung und Belustigung. »Junge, Junge, Junge! Der olle Seebär hat doch glatt 'ne Unnerbüx mit Totenköpfen an!«, kicherte sie, obwohl ihr nach Lachen nicht zumute war.

»Da staunste, was? Aber was so'n altgedienter Pirat ist …«

Leon verdrehte die Augen bei dem Geplänkel der Seniorenrunde. Im Gegensatz zu den anderen hatte er einen Job und musste allmählich los.

»Nicht lang schnacken, lieber gleich zupacken!«, war Gretjes Motto. Doch im Moment hatte sie keinen Schimmer, wo sie zupacken sollten.

»Wie denn? Wo? Und was sollen wir ermitteln?«, fragte Onno. Auch Piet sah sie ratlos an.

»Seht ihr euch in der Cafeteria der Rehaklinik mal ein bisschen um«, schlug sie vor. »Die haben doch sicher eine?«

»Da kannst du aber Gift drauf nehmen! Natürlich gibt es ein Café für die Patienten und ihren Besuch.« Leon musste es ja wissen, er war lange Zeit Therapeut in einer Kurklinik im Allgäu gewesen.

»Dann sollten wir schleunigst überprüfen, ob bei denen noch alle Messer im Schrank sind«, scherzte Piet.

Kapitel 5

»Unser Dr. Scholz … der wusste, wie man mit Menschen umgeht. Einen Arzt mit seiner Berufserfahrung an Bord zu holen, das ist wie ein Sechser im Lotto«, sagte Dr. Vogt, der Leiter der Klinik. Er war schockiert von der entsetzlichen Nachricht. Erst, als er realisierte, was das für ihn als Chef bedeutete, kam die Sorge nach einem Ersatz für Dr. Scholz hinzu. Der Klinikalltag musste weiterhin reibungslos funktionieren.

»Dr. Scholz war eine große Entlastung für die Kollegen, auch wenn er nur an zwei Tagen in der Woche bei uns praktizierte.«

»Können Sie sich vorstellen, dass es auch Neider unter den Kollegen gab?«, tastete Bea sich vor. »Oder Feinde? Möglicherweise Mitarbeiter, die nicht gut auf ihn zu sprechen waren?«

»Nein! Nein! Nein!«, wiegelte Dr. Vogt mit Hinweis auf sein gutes Betriebsklima ab. »Sie können sich gern die Auswertungen der letzten Mitarbeiterbefragung ansehen. Dr. Scholz war bei uns sehr beliebt«, betonte er, schränkte dann aber ein: »Soweit ich das nach zwei Monaten beurteilen kann.«

»Rufen Sie mich bitte an, wenn Ihnen noch etwas einfällt. Jederzeit.« Hauptkommissar Jan Berg gab dem Klinikchef seine Karte. Wie jedes Mal, wenn er das tat, ärgerte er sich über das ›jederzeit‹, das ihm automatisch rausrutschte. »Wir bräuchten dann noch Adresse, Familienstand und Namen der Angehörigen. War er verheiratet? Kinder?«

»Unsere Personalabteilung gibt Ihnen alle Auskünfte, die Sie benötigen. Kommen Sie. Ich begleite Sie hin. Ich weiß nur, dass er eine Eigentumswohnung hier hat. Kinder? Ja. Die sind aber schon erwachsen. Wir haben nicht viel

Privates besprochen. Dazu fehlt uns leider immer die Zeit. Wie denn auch? Bei nur zwei Tagen in der Woche?«

»Hmm«, seufzte Jan Berg, er hatte sich mehr erhofft. Die Auskünfte des Arztes waren friesisch knapp, obwohl Dr. Vogt garantiert kein Ostfriese war. Jan Berg tippte auf Köln oder vielleicht aus dem Ruhrpott. Aber das war nebensächlich. Es gab wesentlichere Punkte wie beispielsweise die näheren Umstände des Ablebens von Dr. Scholz. Es fiel ihm schwer, den Klinikleiter mit den Einzelheiten zu konfrontieren, aber es musste sein.

»Dr. Scholz ist mit einem Küchenmesser ermordet worden«, sagte er und verlangte den ungehinderten Zutritt zur Kantine und der Klinikküche. »Wir müssen alle Messer überprüfen.«

»Ja. Natürlich. Sehen Sie sich um. Wir haben nichts zu verbergen. Ich sage in der Küche Bescheid.« Zackigen Schrittes, als wäre er beim Militär, preschte Dr. Vogt mit den Ermittlern zum Aufzug. Im obersten Stockwerk präsentierte er ihnen sein Büro. Bea begeisterte sich spontan für die fantastische Aussicht. Vom Chefsessel aus konnte man ungehindert aufs Meer schauen. »Komme leider viel zu selten dazu, das richtig zu genießen«, wehrte der Arzt bescheiden ab. »Die Arbeit.«

»Sie fangen sehr früh an zu arbeiten?«, tippte Bea. Dr. Vogt nickte, über die genaue Uhrzeit ließ er sie jedoch im Unklaren. Er drängte darauf, den Rundgang zur Personalabteilung fortzusetzen.

»Eine Frage noch«, sagte Bea.

Dr. Vogt sah sie genervt an. »Ja?«

»Waren Sie heute Morgen zwischen halb sieben und neun in Ihrem Büro?«

»Natürlich. Wo sollte ich denn sonst sein? Allerdings nur bis um kurz nach acht, für halb neun war eine Dienstbesprechung angesetzt. Was soll die Frage?«

»Dann haben Sie auch gesehen, was auf der Georgshöhe los war?« Bea hätte wetten können, dass der Arzt von seinen Bürofenstern aus dem Polizeieinsatz zugeschaut hatte.

»Was denken Sie eigentlich, was ich als Leiter einer solchen Einrichtung zu tun habe? Sie glauben doch nicht im Ernst, ich habe Zeit, um aus dem Fenster zu schauen? Sie haben ja überhaupt keine Ahnung!« Zornig funkelte er sie an.

»Nun, es hätte ja sein können. In den oberen Etagen standen viele Schaulustige an den Fenstern und haben sich die Nasen plattgedrückt.«

Dr. Vogt nahm das zur Kenntnis. Er eilte weiter und klopfte an der übernächsten Tür an. »Da wären wir.« Er stellte die Beamten dem Personalreferenten vor und verabschiedete sich eilig.

Die Empfangsdame hatte den Referenten schon auf den Besuch der Polizei vorbereitet. Sogleich rief er die Personaldaten auf, druckte sie aus und erinnerte ausdrücklich an den Datenschutz. Bea zwinkerte dem jungen Mann, der diesen Job wohl noch nicht allzu lange machte, zu. Das verwirrte ihn offenbar, seine Ohren verfärbten sich rosa. Er verschanzte sich schnell hinter seinem Bildschirm, bedacht darauf, alles richtig zu machen.

»Sagen Sie, Herr …«, Bea sah auf das Namensschild auf seinem Schreibtisch. »Herr Seiler, haben Sie heute Morgen zufällig aus Ihrem Bürofenster geschaut?«

Seine Fenster boten einen seitlichen Blick ins Landesinnere. Herr Seiler verneinte. Nein, er hatte nichts gesehen. Erst als eine Kollegin völlig aufgeregt zu ihm reinplatzte und von einem Unfall mit Polizei und Notarzt erzählte, war er ans Fenster getreten.

»Ermordet! Stimmt das?« Seine Stimme gehorchte ihm nicht. Zaghaft fragte er nach den näheren Umständen und bekreuzigte sich, als er sie erfuhr. Sofort bot er an,

Ferdinands Arbeitspläne der letzten und der kommenden Wochen auszudrucken.

»Gute Idee, Herr Seiler. Sie denken mit«, lobte Bea. Unauffällig schaute sie dem Mitarbeiter über die Schulter. »Wir brauchen sämtliche Einträge seit seinem Dienstantritt. Und auch die der nächsten Wochen, sofern sie schon feststehen.«

»Bea, ich sehe mich dann schon mal in der Kantine um«, schlug Jan Berg vor, denn das konnte noch ein Weilchen dauern.

»Ist gut. Ich komme runter, wenn ich hier fertig bin.« Herr Seiler trug sämtliche Daten zusammen und reichte Bea den Ausdruck.

»Sind das alles Termine mit Patienten?«, fragte sie erstaunt in Anbetracht der Anzahl. Halbstündlich waren sie getaktet. Sechzehn Eintragungen an einem Arbeitstag, unterbrochen nur von einer Stunde Mittagspause.

Gewissenhaft hakte Seiler die Namen, die er kontrolliert hatte, ab. Bei einem Namen stutzte er, den konnte er nicht zuordnen, das konnte kein Patient sein.

»Was ist mit dem hier?« Die Hauptkommissarin tippte auf ›B.B.‹. Da stand eine Eintragung für vorgestern, vor der Mittagspause terminiert. Anderthalb Stunden hatte Ferdinand für B.B. geblockt. »Ist wohl ein Härtefall?«, scherzte Bea Bissick.

Ein vernichtender Blick strafte die Hauptkommissarin. »Die Menschen, die zu uns in die Klinik kommen, sind alles Härtefälle! Sonst wären die nicht hier«, stellte Herr Seiler richtig. »Den Armen fehlt die Luft zum Atmen, sie leiden unter quälenden Allergien, kratzen sich wund und verbergen ihre Gesichter, weil sie sich von ihren Hautausschlägen entstellt fühlen. Vielen von ihnen ist jegliche Lebensfreude abhandengekommen. Sehen Sie ruhig genau hin, wenn Sie durchs Haus gehen. Das ist doch hier kein Wellnesshotel oder ein Privatsanatorium!«

»War ja nicht so gemeint«, entschuldigte Bea sich. »Sehen Sie doch bitte mal nach, ob Sie eine Person mit den Initialen B.B. im Computer haben.«

Herr Seiler scrollte durchs Alphabet. Rauf und runter. »Tut mir leid, in der Patientenliste finde ich nichts. Muss ja auch nicht identisch sein mit dem echten Namen«, bemerkte er spitzfindig.

»Hm. Danke. Sie haben uns sehr weitergeholfen.« Bea reichte ihm ihre Visitenkarte und versuchte es noch einmal mit einem Zwinkern. Diesmal verfehlte es jedoch seine Wirkung. »Sie können mich Tag und Nacht anrufen, wenn Ihnen noch etwas Wichtiges einfällt.«

»In Ordnung«, stotterte der junge Mann.

Wieder allein in seinem Büro trat er ans Fenster, lehnte die Stirn an das kühle Glas und starrte hinaus. »Ferdinand«, murmelte er, »wie kannst du mir das antun? Du warst wie ein Vater für mich.«

Zu Tode erschrocken fuhr er herum, als die Polizeibeamtin wieder im Raum stand. Hatte sie alles mitangesehen und gehört?

»Sorry, ich wollte Sie nicht erschrecken, hab nur was vergessen.« Sie hielt ihr Handy hoch. »Ohne das bin ich aufgeschmissen.«

»Schon gut«, murmelte Herr Seiler. Er brachte Bea Bissick persönlich zum Ausgang und verschloss seine Bürotür. Nicht noch einmal wollte er in seiner Trauer gestört werden. Die Nachricht von Ferdinands Tod haute ihn um. Das Leben war ja so ungerecht!

***

Bea Bissick steuerte in der Cafeteria schnurstracks auf einen Tisch mit Meerblick zu, an dem schon drei Personen saßen. »Das nenne ich ja einen netten Zufall«, rief sie quer durch den Raum. Um diese Zeit war darin heute nicht besonders viel los.

»Ihr habt euch doch nicht etwa zufällig hierher verirrt?« Missbilligend sah sie erst Gretje und dann Piet an, der mit ihrem Kollegen bei einem Stück Kuchen saß und plauderte. Gretje rammte ihre Kuchengabel in das Tortenstück und schimpfte über den harten Boden.

»Jan Berg«, giftete Bea, »was erzählst du denn schon wieder deiner Miss Marple?« Sie verdrehte die Augen und setzte sich dazu. Jan Berg hörte gar nicht zu, er fachsimpelte mit Piet weiter. Es ging um das Thema Kur, das beschäftigte ihn schon eine ganze Weile. Er wollte herausfinden, wie und was man anstellen musste, um eine Kur verschrieben zu bekommen. Noch war es nur eine Idee, über die er mit seinen Kollegen nicht sprechen wollte, aber in letzter Zeit fühlte er sich zunehmend gestresst. Die psychische Belastung seines Jobs bohrte sich tiefer und tiefer in sein Leben wie ein Wattwurm in den Sand. Das, was am Ende dabei herauskam, war nur noch ein Häufchen Dreck. Er musste unter allen Umständen aktiv werden und etwas für seine Gesundheit tun.

»Willste auch ’ne Stärkung?«, wandte Gretje sich an die genervte Bea. »Auch ein Stück Pflaumenkuchen? Ich bring es dir gern mit.« Die rüstige alte Dame erwartete keine Antwort, sie zuckelte sofort los. An der Kuchentheke fand sich niemand. Es dauerte, bis sich jemand um ihr Anliegen kümmerte.

»Ich hab denn noch eine Bitte«, sagte sie, den Kuchen in der Hand kritisch beäugend. »Kannste mir mal ein anständiges Küchenmesser mitgeben? Damit ich den vernünftig zerteilen kann? Der Boden ist steinhart, den kriege ich mit der Kuchengabel überhaupt nicht durch. Ist wohl noch von gestern, das Stück?«

»Bisher hat sich noch niemand beschwert«, entgegnete der junge Mann, auf dessen Namensschild der Zusatz Praktikant zu lesen war. »Aber bitte, gnä' Frau, ganz wie Sie wünschen. Ich hole Ihnen natürlich gern ein Messer.« Er verschwand hinter einer gläsernen Schwingtür und kam wenig später mit dem gewünschten Gegenstand zurück. »Vorsicht«, mahnte er. »Das ist sauscharf.«

»Danke, mien Jung. Dat ist aber nett von dir.« Sie begutachtete das Messer von allen Seiten, vorsichtig fuhr sie mit dem Daumen über die Klinge. »Damit kann man glatt jemanden abstechen. Nicht wahr?« Der Praktikant zuckte zusammen. Verständnislos sah er die alte Dame an. Doch dann vergaß er sich, wurde pampig und sagte: »Wie sind Sie denn drauf? Was wollen Sie denn? Sind Sie aus dem Altenheim ausgebüxt?«

»Nu mal nicht gleich frech werden, sonst sag ich meinen Freunden Bescheid. Polizei!« Sie zeigte hinüber zu Jan Berg in seiner Uniform, der schon rübersah. Der Praktikant lief rot an, fast tat er Gretje ein bisschen leid.

»Ich will doch nur meinen Kuchen vernünftig schneiden«, sagte sie versöhnlich.

»Tschuldigung«, stammelte der Junge. »Solche Scherze kommen heute nicht so gut.« Er senkte die Stimme. »Haben Sie denn noch nicht von dem brutalen Mord auf der Georgshöhe gehört?«

»Doch, doch. Aber was hat das mit dem Messer zu tun?« Gretje tat so, als würde sie erst jetzt kapieren, auf was er anspielte. »Nee, nicht? Ist das etwa die Tatwaffe?«, rief sie. Dabei hantierte sie gefährlich mit dem Messer, sodass der junge Mann ängstlich zurückwich.

»Gute Frau«, beschwichtigte er sie. »Es war wohl so ein Messer. Also, ich meine, diese Marke. Aber natürlich war es nicht dieses Messer. Die Tatwaffe ist von der Polizei doch bestimmt konfisziert worden. Fragen Sie doch mal Ihre Freunde!«

»Ach ja. Bin wohl etwas verwirrt, die ganze Aufregung macht mir zu schaffen. Klar. Danke noch mal.« Gretje zahlte und servierte Bea Bissick das Tortenstück mit dem Messer.

»Hier. So ein Messer ist die Tatwaffe! Es ist diese Marke.« Ihr Blick sagte: Eins zu null für mich.

»Wissen wir längst«, griente Jan Berg schadenfroh. Die Inspektion der Klinikküche hatte das bereits bestätigt. »Diese Messer hier gibt es leider wie Sand am Meer. In jedem gut sortierten Haushaltswarengeschäft kannste die kaufen. Auch auf Norderney. Das Küchenpersonal ist schon dabei, den Bestand zu überprüfen.«

»Mannomann! Dann eben eins zu null für dich. Und was gedenkt die Polizei als Nächstes zu tun?«

»Du neugieriges altes Weib«, lachte Bea. »Du kannst das Schnüffeln einfach nicht lassen. Aber wenn es dich beruhigt, wir zwei beiden«, sie zeigte auf ihren Kollegen, »wir lassen euch jetzt allein und fahren zum Campingplatz. Meine Sachen abholen. Hoffentlich sind Jürgen und Petra aus dem Nachbarzelt ausgeflogen und lauern mir nicht schon wieder auf.«

»Wir halten denn man hier die Augen offen. Nicht, dass noch ein Mord geschieht!«

»Wie bitte? Wollt ihr uns schon wieder ins Handwerk pfuschen?« Bea war nicht mehr zum Scherzen zumute. Ihren Inseleinsatz hatte sich die Hauptkommissarin vom Festland etwas anders vorgestellt.

»Nee!« Piet setzte seinen arglosen Blick auf, der ihn etwas deppert erscheinen ließ, wenn man ihn nicht kannte. »Wir kümmern uns nur um die Frau, die die Leiche entdeckt hat.«

»Einer muss das ja machen, wenn die Polizei dafür keine Zeit oder keine Leute hat«, sagte Gretje. »Ob sie sich wohl schon von ihrem Schock erholt hat?«

Bea sprang sofort auf diesen Vorwurf an. Immerhin war sie ausgebildet im Umgang mit traumatisierten Menschen, der Besuch stand längst auf ihrer To-do-Liste. Sie verabschiedeten sich von den Rentnern und verwarnten Gretje, die vor dem Schwarzen Brett mit den Aushängen der nächsten Tage stehen blieb.

»Guck mal, was das alles gibt«, staunte sie über das tolle Angebot für die Patienten. »Da wird einem bestimmt nicht langweilig.«

Piet linste ihr über die Schulter. Als er den Termin für einen Vortrag über die Suchtgefahren entdeckte, stieß er Gretje an und riet ihr hinzugehen. »Bei deinem Konsum an Sanddornlikör kann das bestimmt nicht schaden.«

»Wenn der man nicht ausfällt.« Sie zeigte auf den Namen des Dozenten, Dr. Ferdinand Scholz. Ein Workshop mit der Überschrift *Handlettering* interessierte sie weitaus mehr, auch wenn sie nicht so genau wusste, was sich dahinter verbarg. Sofort googelte sie das. Mit ihrer Vermutung lag sie gar nicht so falsch. Nun stellte sich nur noch die Frage, ob der Workshop für Externe offen war. Zielstrebig machte sie sich auf die Suche nach einem Ansprechpartner. Notfalls würde sie sich unter einem Vorwand einschmuggeln.

Kapitel 6

»Wenn das man gutgeht mit euch beiden«, murmelte Jan Berg. Bea Bissick sah ihn fragend an.

»Was denn?«, fragte sie gedankenverloren zurück.

»Mit Gretje und dir unter einem Dach.«

»Ach, das meinst du«, lachte sie. »Da mach dir mal keine Sorgen. Die alte Dame kriegt 'ne klare Ansage, wenn's sein muss. Dann läuft das.«

»Wenn du meinst«, brummelte Jan. Er kannte Gretje von Kindesbeinen an und dachte: Wenn du dich da man nicht täuschst. »Weißte was? Ich komme doch mit dir mit zum Campingplatz. Sonst bleibst du da länger hängen, als mir lieb ist.«

»Kontrolle oder was? Na los, steig ein«, sagte sie und gab Gas. »Brauchst wohl 'ne kleine Pause? Der Tag hatte es ja ganz schön in sich.«

»Und er ist noch lange nicht vorbei«, vervollständigte Jan Berg, streckte die Beine aus und gähnte. Das Mittagstief hatte ihn erreicht. »Im Grunde genommen ist unser Tag erst zu Ende, wenn wir den Täter haben.«

»Hmm. Liegen eigentlich schon Laborergebnisse vor?«

»Swantje hat sich noch nicht gemeldet«, sagte Jan. »Sie hält mich aber auf dem Laufenden. Heute ist Feiertag, da kann das etwas länger dauern. An der Tatwaffe sind keine Spuren festgestellt worden, so viel wissen wir inzwischen. Der Mörder muss Handschuhe getragen haben.«

»Vorsätzlicher Mord also!«

Jan sagte nichts mehr, er war eingedöst und schnarchte leise.

Beas Hoffnung, sich heimlich vom Campingplatz verdrücken zu können, stellte sich als Irrtum heraus.

»Da ist sie ja wieder«, rief Petra ihr schon von Weitem entgegen. Ihre schrille Stimme übertönte sogar das Blubbern eines Topfes auf der Kochstelle. Sie hob den klappernden Deckel ab, sah den Inselpolizisten keck an und fragte: »Was hat sie denn angestellt, unsere Bea? Man weiß ja nie so genau, mit wem man es zu tun hat. Auch nicht auf einem Campingplatz wie diesem, wo die Welt noch in Ordnung ist.«

Jan Berg druckste herum, was sollte er dazu sagen? Zum Glück war Bea nicht auf den Mund gefallen. Sie hatte die Situation wieder einmal rasch im Griff.

»Der Bulle hat mich verhaftet. Auf frischer Tat ertappt. Ich muss meine Zelte leider schon wieder abbrechen«, erwiderte sie schnodderig.

»Was erzählst du denn schon wieder für einen Stuss?«, meckerte jemand aus dem Zelt. Es war Mann Jürgen. Er warf einen Blick in den Topf, in dem matschige Nudeln in roter Soße schwammen. »Sind die Ravioli fertig?«, fragte er. »Ich habe einen Mordshunger.«

Petra zickte zurück, wovon er denn wohl Hunger haben könnte. Doch bestimmt nicht davon, den lieben langen Tag nur durch die Gegend zu laufen.

»Ich habe nachgedacht«, belehrte er sie.

»Wollt ihr auch ein Tellerchen mitessen?«, wechselte Petra das Thema und hielt ihnen zwei Pappteller hin.

»Wenn noch was übrig ist.« Jan strich sich über den Bauch. Ravioli hatte er seit ewigen Zeiten nicht mehr gegessen. Als Junge konnte er davon nie genug kriegen. Die gab es immer, wenn es schnell gehen musste.

»Aber klar!«, sagte Petra. »Wir Camper, wir sind doch eine große Familie.« Mitleidig sah sie Bea Bissick an. »Das ist dann wohl deine Henkersmahlzeit. Im Knast gibt's bestimmt nicht so etwas Feines.«

Petras Mann verdrehte die Augen, schlurfte hinters Zelt und kam mit einer weiteren Dose zurück. »Was Besseres können wir leider nicht anbieten. Ist hier schon alles teuer genug.«

»Nun macht euch mal keine Umstände. Wir haben schon gegessen.« Bea schlüpfte in ihr Zelt. Mit geübtem Blick erkannte sie sofort, dass ein Fremder darin gewesen sein musste. Manche Sachen lagen nicht mehr an derselben Stelle wie zuvor. Sie hatte auch schon einen Verdacht, wer das gewesen sein könnte.

»Auch wenn wir momentan etwas knapp bei Kasse sind, geht uns nichts über die Gastfreundschaft. Komm, Bea, setz dich zu uns. Und Sie auch, Herr Kommissar.« Petra lud eine Kelle des Schnellgerichts auf jeden Teller, während Jürgen sich um die nächste Büchse kümmerte. Er sagte nicht viel. Petra hingegen quasselte munter drauflos. »Also, Herr Kommissar, nun verraten Sie mir doch mal, was los ist. Was hat sie verbrochen?« Sie flüsterte: »Also, man hört hier ja Sachen, das sag ich Ihnen.« Sie sah sich um. »Ein Mann soll ermordet worden sein, habe ich gehört. Mit einem Messer.«

»Ach?«, staunte Bea. »Und dann bist du in mein Zelt gegangen und hast bei mir nach der Tatwaffe gesucht?«

Petra hüstelte, statt zu antworten. Eines der Ravioli saß ihr wohl quer im Hals. Es sah ganz so aus, als ob die zerkochte Pasta die letzte Nudel in ihrem Leben gewesen sein sollte. Beherzt und derbe klopfte Jürgen ihr auf den Rücken. Das half. Petra röchelte mit tiefrot angelaufenem Gesicht, dann schnappte sie nach Luft wie ein Fisch auf dem Trockenen, und dann war alles wieder in Ordnung.

»Du bist mir doch nicht böse, Bea, dass ich in deinem Zelt gewesen bin? Ich bin ja eigentlich nicht neugierig und mache so etwas normalerweise nicht. Aber ich muss unser Küchenmesser verlegt haben. Da wollte ich mir deins ausleihen. Ist doch nicht so schlimm, oder?« Mit naiv kindlichem Gesichtsausdruck sah sie Bea an. »Wir Camper, wir teilen doch miteinander.« Wieder rückte sie das freie

Leben auf einem Zeltplatz ins rechte Licht. »Hier ist das anders als zu Hause mit der popeligen Verwandtschaft«, sagte sie spitz.

»Behalt es. Ich schenke es euch!«, sagte Bea großzügig. »Als Dankeschön für das hervorragende Essen.« Sie wischte die Soßenreste aus den Mundwinkeln, verschwand noch einmal in ihrem Zelt und krabbelte mit einer prall gefüllten Reisetasche wieder heraus.

»Aber ein Käffchen trinkt ihr doch noch mit uns?«

»Der Dienst ruft«, wehrte Bea ab. Sie kam nicht drum herum, sich als Hauptkommissarin Bea Bissick zu outen. »Bissick mit ck am Ende«, sagte sie.

»Wir ermitteln in einem Mordfall«, entschuldigte Jan Berg ihren abrupten Aufbruch.

Petra und Jürgen wechselten einen Blick. Petra hatte nicht gewusst, mit wem sie es bei Bea zu tun hatte. Dabei war sie stets bestens informiert. Es war unglaublich.

»Dann stimmt das ja wirklich! Habt ihr schon eine heiße Spur von dem Mörder? Ich meine, wenn man schon mal zwei von der Kripo zum Essen einlädt, dann …«

Bea lachte laut auf. Diese Camper waren genau so, wie sie sich das in ihren schlimmsten Träumen vorstellte. Sie passten wie angegossen in ihre Vorurteilsschublade.

»Das Opfer ist ein Mann aus der Klinik«, verriet Bea den beiden schließlich doch. Es würde sowieso in der Presse stehen. Im Inselfunk war schon jetzt von nichts anderem die Rede.

»Oh mein Gott!«, hauchte Petra. Theatralisch legte sie eine Hand aufs Herz. »Eine Kurschattenaffäre? Der Liebhaber wird vom Gatten seiner Geliebten zum Duell herausgefordert?«, spann sie sich ein Drama zusammen.

Bea sah den Stapel Heftromane neben der Kochstelle liegen, das erklärte alles. »Das wäre zu simpel. Das Opfer ist ein Arzt der Klinik.«

Sie konnte Petras Mimik entnehmen, dass sich die Gedanken in ihrem Kopf überschlugen. Würde sie ihr gleich aus einem Arztroman erzählen und eine andere Lösung präsentieren? Doch Petra versteifte sich, kerzengerade saß sie auf ihrem Klappstuhl und sah ihren Mann entgeistert an. »Ein Arzt? Wie heißt er denn?«

»Dr. Scholz«, sagte Jan Berg.

»Dr. Ferdinand Scholz?« Petras Hände zitterten. Der Kaffeebecher fiel ihr aus der Hand.

Jan Berg nickte. »Kennen Sie ihn?«

»Mein Bruder«, stieß Jürgen gequält hervor. »Dann ist das mein kleiner Bruder! Wegen dem sind wir eigentlich hergekommen. Wir wollten ihn mit unserm Besuch überraschen.« Fassungslos starrte er auf seine Hände.

»Hast du doch schon«, fiel Petra ihm ins Wort. »Aber Ferdi hielt nichts von Überraschungen. Er wollte uns nicht sehen. Er hatte ja nie Zeit für uns.« Sie schluchzte in ein kariertes Geschirrtuch. »Ferdi«, jammerte sie. »Ferdi, du kannst doch jetzt nicht einfach gehen. Wie sollen wir denn ohne dich zurechtkommen?«

Bea gab Jan ein Zeichen, nicht nachzuhaken. Jetzt noch nicht. Der Zeitpunkt war ungünstig.

»Es tut uns aufrichtig leid«, drückte Bea ihr Mitgefühl aus. »Sie können uns sicher einige Fragen beantworten.« Die Frage, ob Ferdinand Feinde hatte, lag ihr auf der Zunge, aber damit musste sie noch warten. Jürgen Scholz war im Augenblick nicht in der Lage dazu. »Es muss nicht sofort sein. Wir fahren jetzt in den Ort zurück. Kommen Sie bitte heute um siebzehn Uhr zu uns aufs Revier.«

»Halten Sie sich zu unserer Verfügung«, leierte Jan Berg runter. Ein Spruch, der ihm im Laufe der Dienstjahre in Fleisch und Blut übergegangen war. Er notierte die Mobilnummer von Jürgen Scholz. Dann half er Bea das Zelt abzubauen, gemeinsam brachten sie die Sachen in den Streifenwagen.

»Ihr Bruder muss ein feiner Mensch gewesen sein, nach allem, was man so hört«, sagte Bea. Sie bedankte sich für die Gastfreundschaft und wollte los. Petras unerwartet heftige Reaktion hielt sie zurück.

»Ein feiner Mensch!« Petra Scholz lachte böse auf. »Ja, das konnte er! Immer gut dastehen, sich beliebt machen bei anderen und sich in den Vordergrund drängen.« Erschrocken legte sie eine Hand vor den Mund, ein bitterböser Blick ihres Gatten traf sie. Er stand wortlos auf und schlug den Pfad zum Strand ein, der sich im Osten der Insel wie ein unberührtes Paradies erstreckte. Petra zuckte resigniert mit den Schultern und machte sich an den Abwasch. Laut schepperte sie mit den Töpfen.

Die Hauptkommissarin sah Jürgens gebeugter Gestalt hinterher. Sie schätzte ihn auf Anfang siebzig. Er machte einen sportlichen Eindruck, doch wenn man genau hinsah, sah man die verbitterten, verhärmten Züge in seinem Gesicht. Kein Wunder, dachte Bea. Wieder einmal war sie dankbar dafür, als langjähriger Single besser dran zu sein. Ihre Scheidung lag schon ein paar Jahre zurück, damals war sie wahrscheinlich auch mit hängenden Mundwinkeln herumgelaufen.

Kapitel 7

»Die Dame am Empfang kann mir bestimmt weiterhelfen«, sagte Gretje zu Piet.

Einträchtig wie ein altes Ehepaar steuerten die zwei auf die freundliche Dame zu.

»Was kann ich für Sie tun?«, fragte sie beflissen.

Gretje Blom trug ihr Anliegen vor, sie wollte am Handlettering-Kurs teilnehmen. Sie plauderte aus ihrer Schulzeit, noch immer stolz auf ihren Einser in Schönschrift. Damit löste sie bei ihrem Gegenüber allerdings nur undamenhafte Kiekser aus.

»Das hab ich immer voll gern gemacht. Wir hatten einen strengen Lehrer, der …« Piet stoppte sie in ihrem Redefluss, bevor sie noch weiter ausholte.

»In unserem Kurs geht es aber nicht ums Schönschreiben, wie Sie das nennen. Es wird zwar geschrieben, aber auch gezeichnet, gemalt, gestempelt oder geklebt. Es ist eine Art moderner Kalligrafie.«

»Aha. Kann ich trotzdem mitmachen?«, fragte Gretje.

»Morgen ist der Kurs wahrscheinlich nicht voll. Es ist Reisetag. Kommen Sie einfach vorbei, wir drücken mal ein Auge zu. Um zehn Uhr dreißig geht's los. Seien Sie am besten zehn Minuten eher da. Materialkosten werden vor Ort abgerechnet.«

Gretje hatte ihr Ziel erreicht, sie strahlte. »Dat ist aber lieb, dass du für mich ein Auge zudrückst«, bedankte sie sich. »Aber, ich hab noch eine Bitte …« Sie zögerte, tat so, als wenn es ihr peinlich wäre, und erkundigte sich dann nach dem Vortrag über die Suchtgefahren.

»Vielleicht ist das ja mal ganz gut, wenn ich mich schlaumache. Wegen der vielen Fittamine, die ich jeden Tag zu mir nehme.«

Die Mitarbeiterin sah sie fragend an.

»Ich meine den Sanddornlikör«, klärte Gretje sie auf, »der hat doch so viele Fittamine. Nicht wahr, Piet?«

»Ach. Sie trinken gern mal einen?« Belustigt ging die Rezeptionistin auf den Vortrag ein. »Das ist eine lobenswerte Idee«, pflichtete sie ihr bei. »Der Vortrag muss leider ausfallen. Unser Referent ist verhindert«, lehnte sie bedauernd ab. »Die Vorträge von Dr. Scholz sind großartig, die sind immer gut besucht gewesen. Der kann das aber auch so lebendig vortragen, als hätte er das selbst alles erlebt.«

»Und wann ist der nächste Termin?«, wollte Gretje wissen, obwohl sie bereits genug erfahren hatte. Die Mitarbeiterin druckste ein wenig herum, rückte dann aber mit der Wahrheit heraus. »Unser Dozent ist leider plötzlich und unerwartet verschieden. Es ist für uns alle unfassbar.«

»Dann also bis morgen, ich komme dann zum Schönschreiben«, verabschiedete sie sich.

»Was ist denn plötzlich in dich gefahren?«, schimpfte Piet, als sie wieder draußen waren. »Wir wollen den Ankermörder fassen! Stattdessen will unsere Miss Marple sich lieber ausruhen und Schönschrift üben?« Sie gab ihm Rätsel auf. Was sollte man davon halten? Doch wie er Gretje kannte, hatte sie bestimmt einen guten Grund dafür.

»Piet«, sagte sie gedehnt, mit einem Blick, als hätte er nicht alle Tassen im Schrank. »Guck dir die Tatortfotos noch einmal genau an. Und den Zettel, auf dem der Totenkopf ist!«

Piet sah sich ihre Handyfotos an, kniff die Augen zusammen und begutachtete die kunstvoll angeordneten Buchstaben. Sogar die feinen Bleistiftlinien waren noch zu erkennen. Auch ihm fiel das *t* bei dem Wort *endet* mit seiner Oberlänge auf, das auf den ersten Blick wie ein Kreuz aussah. »Du meinst, wir finden den Täter in dem Kurs?«

»Hm. Denke schon. Und ich glaube, es ist eine Täterin und kein Mann.«

»Und wieso?«

»So Kurse, wie Handlettering, da gehen immer nur Frauen hin. Männer interessiert das nicht. Und dieses Indiz hier trägt eindeutig die Handschrift einer Frau«, begründete sie ihre Vermutung. »Piet! Du würdest doch auch nicht auf die Idee kommen, mit Tusche und Feder einen letzten Gruß zu schreiben, für jemanden, den du umbringen willst. Und dann auch noch mit einem Sticker verzieren? Das macht doch kein Mann!«

»Nee«, bestätigte Piet, das leuchtete ihm ein. Das war unnützer Firlefanz, den er keinem echten Kerl zutraute. »Mannomann! An was du aber auch alles denkst«, bewunderte er ihren Scharfsinn.

»Lebenserfahrung«, grinste Gretje. »Morgen kuck ich mir die Teilnehmer im Kurs genau an. Bin sicher, ich finde eine Spur.«

Piet drückte ihr einen Schmatzer auf die Wange, den Gretje Blom aber sofort abwischte. »Dat Geknutsche muss aber nun echt nicht sein. Dat ist unprofessionell«, wies sie ihn zurecht, wobei sie das Wort un-pro-fess-io-nell auf jeder einzelnen Silbe betonte und so die angespannte Stimmung entkrampfte.

»Jetzt ärgere ich mich aber doch, dass ich mich nicht auch angemeldet habe.«

»Das wäre viel zu auffällig, Piet. Du kannst mich aber gleich zu Anna Franke begleiten.«

Piet war nicht begeistert von der Idee. »Sollten wir die nicht noch ein Weilchen in Ruhe lassen? Zumindest bis morgen?«

»Dann ist unser Inselsheriff bestimmt vor uns da«, sagte Gretje. Damit hatte sie wahrscheinlich recht, selbstverständlich wollte er sie begleiten.

»Und was ist mit Onno? Wenn der sich sein Essen schon wieder selber machen soll, findet der das bestimmt nicht witzig«, erinnerte er Gretje an ihre Abmachung mit Onno Fokken, für ihn zu kochen. Im Gegenzug durften Gretje Blom und Piet bei dem Insulaner wohnen. Kostenlos!

***

Ein Polizeifahrzeug blockierte vor der Friesenrose den halben Fußweg. Gretje regte sich mächtig darüber auf. »Ich dachte immer, die Polizei soll ein Vorbild für uns sein.« Onno Fokken lehnte an der Haustür und sah Jan Berg zu, der sich mit dem Gepäck seiner Kollegin abmühte und es in ihr Zimmer schleppte.

»Die Bissick hat den Bogen raus, wie man Leute rumkommandiert«, sagte Onno, nicht ohne Bewunderung.

»Solche Weiber gefallen dir, was?« Gretje dachte zurück an die Rote Lola, das verteufelte Biest, von dem sie Gott sei Dank schon lange nichts mehr gehört hatte. Die hatte ihn nur rumkommandiert und mit ihrem Gezirze um sein Vermögen gebracht.

»Kann die Bissick das etwa besser als ich?«, zog Gretje ihn auf.

Onno verdrehte die Augen. Mit seiner Körperfülle blockierte er die Tür und versperrte Gretje absichtlich den Weg. »Denk mal lieber an unsern Vertrag. Du hältst dich nicht an die Abmachungen. Schon wieder gibt's nichts zu essen!«

»Deiner Figur schadet das ja wohl nicht«, konterte Gretje Blom. »Bei Mord muss man andere Pri-o-ri-tä-ten setzen, da gibt es Wichtigeres zu tun, als hinterm Kochtopf zu stehen. Schon vergessen? Es geht hier um Mord!« Sie schob sich an dem stattlichen Ostfriesen vorbei und klatschte auf seine Wampe unter dem Ringelshirt. »Ich koche uns heute Abend was«, vertröstete sie ihn.

»Für uns auch, Gretje! Wir müssen auch was Anständiges zwischen die Kiemen kriegen«, rief Bea nach unten.

»Was darf's denn sein, Frau Hauptkommissarin?«, fragte Gretje mit einem Augenzwinkern.

Die Polizistin erwiderte wie aus der Pistole geschossen: »Flammkuchen. Oder etwas mit Kürbis.«

Gretje tippte sich an die Stirn. »Will mal sehen, was sich machen lässt«, murmelte sie. Schnell überflog sie die benötigten Zutaten und machte eine Einkaufsliste. »Hier, Onno. Damit du was zu tun hast, während ich auf Verbrecherjagd bin.«

Bea Bissick schnappte und wies Gretje zurecht. »Wir haben alles im Griff. Kümmere du dich lieber um unser leibliches Wohl. Damit kannst du uns viel mehr helfen.«

»Jau. Essen und Trinken hält Leib und Seele zusammen. In diesen schlimmen Zeiten ist das besonders wichtig«, stimmte Jan Berg seiner Kollegin zu. Wenn es um das Thema Essen ging, war er voll bei ihr. »Das wissen die sogar auf dem Campingplatz. Jedenfalls …«, er stockte, »bevor wir von den verwandtschaftlichen Verhältnissen erfuhren«, sagte der Kommissar zu Beas Ärger.

»Das ist ja interessant. Was gab es denn Leckeres zu essen?«, erkundigte Gretje sich harmlos.

»Dosenfutter!« Bea war kurz angebunden.

»Die sind knapp bei Kasse«, verteidigte Jan die einfache, aber gute Mahlzeit. »Sonst würden die ja keinen Campingurlaub machen. Und das, obwohl der eigene Bruder, also der Dr. Ferdinand Scholz, hier eine Wohnung hat. Wie findet ihr das denn?«

»Der Bruder des Opfers?« Gretje Blom spitzte die Lippen und pfiff anerkennend.

»Ich sag's ja immer wieder. Man guckt den Menschen nur vor den Kopf«, zitierte Hauptkommissar Jan Berg seinen Lieblingsspruch, der leider zu wahr war.

»Wir müssen denn auch mal wieder los«, trieb Bea ihn an. Jan nickte. Er verriet aber noch schnell, dass sie mit dem Bruder des Verstorbenen und seiner Frau sprechen wollten. »Heute noch. Also, jetzt gleich.«

»Bist du jetzt wohl still!«

Gretje hatte wieder ein Puzzleteilchen gefunden, das sie auf die Spur des Mörders führen sollte.

Kapitel 8

Nach einer kleinen Pause bei einem Ostfriesentee, in der alle Fakten und Gedanken zum Mordmotiv durchgekaut wurden, stand für die Hobbyermittlerin fest, dass sie mit Anna Franke sprechen musste.

»Komm mit, Piet! Ein bisschen frische Luft und Bewegung tut uns ganz gut. Außerdem hören vier Ohren mehr als zwei.«

»Lasst mich man alle allein«, maulte Onno.

»Glaub man nicht, dass du nichts zu tun hast.« Gretje erinnerte ihn ans Einkaufen. »Und dann kannst du Ida im Sanddornlädchen einen Besuch abstatten. Bei ihr erfährt man doch immer den neuesten Inselklatsch.«

»Hm«, grummelte er und schob seine Mütze millimeterweise zur Seite.

»Und falls Bea und Jan dir über den Weg laufen, finde heraus, ob sie etwas Neues haben. Du kannst das doch so gut, jemanden ausfragen. Ohne, dass der das merkt.«

Onno griente. Sie hatte recht. Wenn er etwas wirklich gut konnte, dann das. Den dösigen, alten Ostfriesen nahm ihm jeder ab, wenn er es darauf anlegte.

Die obere Strandpromenade glich einem Pilgerweg zum Aussichtspunkt Georgshöhe. Natürlich pilgerten nicht alle zum Tatort, aber es gab doch viele Urlauber, die sich magisch angezogen fühlten. Gretje und Piet waren davon überzeugt, dass es den Täter immer an den Tatort zurückzieht. Warum sollte es in diesem Fall nicht auch so sein? Oder war das ein Klischee, das nur für Fernsehkrimis galt?

Im Gegensatz zu anderen Tagen war die Aussichtsplattform heute sehr belebt. Dort wollten die Hobbyermittler auch hin. Sie wollten sich die Leute ansehen, sowohl auf den

Zugängen als auch am Anker. Getrennt voneinander schlugen sie jeweils einen anderen Weg ein, bereit, alles und jeden zu fotografieren. Von den zwei älteren Leuten nahm niemand Notiz.

Mit zitternden Knien verweilte Gretje Blom am Todesanker. Das grauenvolle Bild des Toten war sofort wieder präsent. Der Anker glänzte frisch poliert, auf den Steinen ringsum waren keine Spuren der Bluttat zu sehen. Piet legte den Arm um sein altes Mädchen, mehr konnte er nicht für sie tun.

So standen sie einen Moment da und belauschten die Horrorgeschichten, die unter den Schaulustigen kursierten. Gretje merkte sich dank ihres Kopptrainings alles, was ihr Interesse weckte. Erst als eine kalte Hundeschnauze sie anstupste und um Aufmerksamkeit bettelte, vergaß sie ihren Auftrag. Sie blickte in zwei dunkle, treuherzige Kulleraugen. Ein Blick, dem sie sich zum Ärger des dazugehörigen Frauchens nicht entziehen konnte.

»Na, wer bist du denn?«, begrüßte sie den kleinen Racker. Der Name des Dackels fiel ihr aber sofort wieder ein, als sie die Hundehalterin ansah. Die Spaziergängerin mit den wilden Strähnchen und dem Totenkopfohrring stand vor ihr. Ich hab's doch gleich gewusst. Der Täter kommt immer an den Tatort zurück, dachte Gretje.

»Gonzo!«, stellte Frauchen ihren Liebling vor und hielt die Leine ein wenig kürzer. Dem Dackel war das ziemlich wurscht, er hatte Charakter und zeigte seinen eigenen Kopf. Piet beugte sich zu ihm runter, redete auf ihn ein und kraulte dem zutraulichen Kerlchen das Fell. Offenbar war es Liebe auf den ersten Hundeblick zwischen den beiden. Gretje interessierte sich jedoch mehr für die junge Frau.

»Das ist ja ein ganz Wilder«, fing sie eine harmlose Unterhaltung an. »Der ist mir heute Morgen schon aufgefallen. Der hat aber auch ein Temperament!«

»Kann sein«, erwiderte die Hundehalterin knapp. »Es laufen einem ja viele Leute über den Weg. Bin aber kein Morgenmensch, die andern sind mir egal. Muss nur so früh raus, weil Gonzo sonst keine Ruhe gibt. Man sollte mich um die Zeit besser nicht ansprechen.«

»Man gut, dass ich das nicht getan hab.«

»Hm. Nun komm schon, Gonzo!«

Ihre ablehnende Haltung konnte Gretje nicht schrecken, sie verwickelte das Mädchen in ein harmloses Gespräch. »Weißte, was mich an dir ganz dolle beeindruckt hat?«

»Hä?« Die junge Frau sah Gretje nun zum ersten Mal richtig an. Ihre blaugrün gefärbten Haare unterstrichen ganz wunderbar das Grün ihrer Augen.

»Wow!«, rief Gretje. »Dat ist ja krass!«

Ein verhuschtes Lächeln erhellte das Gesicht der Hundebesitzerin. Piet blickte kurz auf, wandte sich aber sofort wieder dem Hund zu. Der Kleine legte sich auf den Rücken und wollte Piets Streicheleinheiten auch am Bauch.

»Krass?«, wiederholte sie. »Hört sich ja echt witzig an, wie du das sagst.«

Gretje schmunzelte. Sie hatte ihr Gegenüber an dem Punkt, wo sie es haben wollte. »Junge, Junge, Junge! Was hast du für Wahnsinnsaugen!«, sagte Gretje, »und dazu diese Haarfarbe. Hammer! Nun verrat mir doch mal, wie man das macht. Das mit der Haarfarbe. Was meinste, ob mir das auch stehen tut?«

»Echt krass«, rief die Fremde. »So ’ne Alte wie du ist mir auch noch nicht übern Weg gelaufen. Wenn du Bock drauf hast, mach ich dir die Haare bunt. Die Farbe gibt’s im Drogeriemarkt. Soll ich welche besorgen? Hab aber auch noch einen Rest. Also, ich meine, wenn du dich nicht traust und nur ein paar Strähnchen haben willst. Überleg dir das, bin nur noch bis Sonntag da.«

»Piet, was sagst du denn dazu? Steht mir das?«

»Hm. Ist doch egal. Bist immer schön. Ich mag dich so leiden, wie du bist. Aber wenn du meinst, dass du blaue Haare haben musst, kann ich dich sowieso nicht davon abhalten. Hab dich dann trotzdem genauso gern.«

»Kann ich mir das noch überlegen? Oder …?«, Gretje nahm ihre Kopfbedeckung ab und fuhr sich durch ihr silbergraues Haar. »Ach Quatsch«, sagte sie zu allem entschlossen. »Nicht lang schnacken, lieber gleich anpacken! Wir machen das. Wie heißt du eigentlich?«, wollte sie dann wissen. »Ich bin Gretje. Gretje Blom! Kannst mich aber einfach Gretje nennen.«

»Anka«, stellte die junge Frau sich vor. Mit einer derartigen Spontanität der alten Dame hatte sie nicht gerechnet, das konnte man ihr ansehen. »Ich hätte morgen früh Zeit dafür. Wir müssen das aber bei dir machen. Bei mir geht's nicht.«

»Kein Problem. Und heute?«, schlug Gretje vor. »Morgen geht's bei mir nicht.« Gretje hatte das Gefühl, sie sollte nicht zu viel Zeit verstreichen lassen und das Mädchen im Auge behalten. Auf diese Weise hatte sie die Möglichkeit, Anka besser kennenzulernen. »Dauert das denn lange?«, erkundigte Gretje sich. Das Mädchen hatte etwas an sich, das sie nicht in Worte fassen konnte, aber sie wachsam werden ließ.

»Wie das bei grauem Haar ist, kann ich dir nicht sagen. Eine Stunde musste schon rechnen. Mindestens. Und umsonst mach ich das auch nicht. Für die Farbe und für mich macht das zwanzig Euro. Klaro?«

»Klaro«, erwiderte Gretje. »Und 'ne warme Mahlzeit kriegste auch noch bei mir. So um halb sechs?« Sie nannte Anka die Adresse. Nebenbei erwähnte sie den Mord und fragte, ob sie auch davon gehört hätte. Anka hob nur die Schultern, sie war ja so cool. Plötzlich hatte sie es sehr eilig, Gretje kam das nicht ganz geheuer vor.

»Tschüss, bis nachher«, rief Anka und zog Gonzo von Piet weg. Schlagartig ging Gretje ein Licht auf. Es war sonnenklar, was sie an dem Mädchen so irritiert hatte. Nicht ihre Haare und auch nicht der Dackel. Nein, es war die auffällige Warze über der Oberlippe in dem sonst makellosen Gesicht. Peter Maffay fiel ihr ein, der hatte ein ähnliches Mal. Aber nicht nur der. Das Mordopfer hatte es auch, an der gleichen Stelle, an der Oberlippe. Genau so wie bei Anka.

»Ob die wirklich vorbeikommt und mir die Haare färbt? Was meinst du, Piet?«

»Die kommt. Die braucht Geld. Warum sollte die einen Rückzieher machen?« Piet rätselte, worauf Gretje hinauswollte.

»Erzähle ich dir später.« Sie stupste ihn an und deutete auf einen Mann mittleren Alters, der langsam um den Anker herumschlich. Ein Vorhängeschloss an einer Verstrebung interessierte ihn. Als er merkte, dass er beobachtet wurde, zog er die Mütze noch tiefer ins Gesicht und verschwand. Gretje Blom und Piet Hansen war sein merkwürdiges Verhalten aufgefallen. Sie sahen sich das Schloss an, auf dem *Dumm gelaufen!* stand.

Ihn zu verfolgen machte keinen Sinn, sie hatten ihn schon aus den Augen verloren.

»Meinst du etwa, der hat das selbst angebracht? Das ist doch höchst unwahrscheinlich«, meinte Piet.

Gretje fotografierte das Vorhängeschloss ab und schickte die Aufnahme dem Inselpolizisten. »Sollen die doch herausfinden, wo es herkommt.«

»Wie sieht's denn jetzt aus mit dem Besuch bei Anna Franke?«

»Hast ja recht. Gehen wir«, sagte Gretje. Es dämmerte schon und Gretje wollte zum Haarefärben wieder in der Friesenrose zurück sein.

Anna Frankes Ehemann weigerte sich, seine Frau aufzuwecken. Sie hatte sich mit dem Baby ein wenig hingelegt, sie hatte den Schlaf bitter nötig. Energisch wimmelte er Gretje Blom und ihren Begleiter an der Tür ab. »Sie ist völlig durch den Wind. Der Schock sitzt ihr noch in den Gliedern, Anna braucht unbedingt Ruhe.«

»Dann bestell ihr schöne Grüße, von Gretje. Ich komm dann morgen früh noch mal vorbei. Wann passt es denn?« Eine Gretje Blom konnte man nicht so schnell abwimmeln.

»Spätestens um sieben ist Theo putzmunter. Wenn Sie dann unbedingt mit ihr sprechen wollen, dann tun Sie es in Gottes Namen. Sollte Ihr Besuch meine Frau aber zu sehr anstrengen, gehen Sie wieder.«

»Versteht sich von selbst, junger Mann. Bleiben Sie doch einfach dabei«, versuchte Gretje ihn zu beruhigen.

Er seufzte. »Na gut. Gegen halb neun ist unser Nachwuchs meistens satt und zufrieden. Kommen Sie lieber dann und rufen Sie vorher kurz durch«, schlug er vor und schrieb ihr seine Handynummer auf. »Hat die Polizei den Mörder schon gepackt? Haben Sie da was gehört? Oder läuft der immer noch frei herum? Anna traut sich schon nicht mehr nach draußen, sie glaubt, er hat sie gesehen.«

»Wieso glaubt sie das? Hat sie ihn denn gesehen?« Gretje überlegte, ob Anna ihr davon erzählt hatte. War sie vor lauter Aufregung über den Hinweis hinweggegangen?

»Sie hat gesagt, da war eine Person in ihrem Selfie. In dem ersten Versuch. Im Hintergrund. Sie hat es gelöscht. Meine Frau ist sich nicht ganz sicher. Sie glaubt aber, er hat zu ihr rübergeguckt und dann ist er über den anderen Weg weitergelaufen. Anna hatte sich nichts dabei gedacht. Im Gegenteil, sie fand das total nett, aber sie konnte ja nicht ahnen …«

»Ja, furchtbar!« Gretje fing an zu frösteln. Die schrecklichen Bilder tauchten schon wieder auf. Sie ließen sich nicht, vielleicht niemals mehr, beiseiteschieben. Sollte sie auf ihre alten Tage noch zu einem Seelenklempner gehen und eine Therapie machen?, fragte sich Gretje Blom.

Kapitel 9

Kommissarin Swantje Robben saß in ihrem Schreibtischsessel wie die Chefin der Mordkommission höchstpersönlich. Ohne zu lamentieren, wie es bei ihren Kollegen sonst üblich war, hatte sie zugestimmt, ihren Urlaub vorzeitig abzubrechen. Vor Ort wurde jeder gebraucht. Die ehrgeizige junge Beamtin witterte eine Chance, endlich zeigen zu können, was in ihr steckte.

Auf der Polizeiwache, nahe der Rehaklinik, saß das Ehepaar Scholz in ihrem Büro und wartete auf Hauptkommissar Jan Berg. Sie stellten sich als nächste Angehörige des Mordopfers vor und behaupteten, einen Termin zu haben. Die Frau tuschelte unentwegt mit ihrem Mann. Swantje verstand trotzdem jedes Wort und warf ihr missbilligende Blicke zu. Bei dem Gesabbel konnte doch kein Mensch arbeiten. Mit finsterer Miene verschanzte sie sich hinter ihrem Monitor und ignorierte das Paar.

»Sagen Sie mal, junge Frau, wenn wir hier schon rumsitzen müssen, könnten Sie uns doch bestimmt einen Kaffee besorgen«, sagte Frau Scholz nach einer Weile.

Swantje blickte missmutig auf. »Könnte ich. Tu ich aber nicht.«

»Und warum nicht, wenn ich fragen darf, Frau Kommissarin?«, schnappte Frau Scholz, verblüfft über die unverschämte Antwort. »Wir sind doch keine Kriminellen! Wir sind hier, weil die Polizei auf unsere Hilfe angewiesen ist. Also wirklich, ich muss doch sehr bitten!« Die Camperin schnaubte verächtlich, redete sich in Rage und stachelte ihren Mann an, auch mal etwas zu sagen. Unbeeindruckt von ihrem Redeschwall presste der die Lippen aufeinander und spielte auf seinem Handy weiter herum. Die emotionalen Ausbrüche seiner Frau ließen ihn kalt, die würde sich auch wieder abregen.

Swantje kam sich vor wie auf einem Logenplatz im Kurtheater. Sie genoss die Szene eine lange Weile stillschweigend, dann hatte sie aber doch ein Einsehen. Lässig nahm sie das Telefon ab, wählte eine Nummer und orderte drei Kaffee.

»Na, denn will ich mal nicht so sein.«

Wenig später servierte eine Verwaltungsmitarbeiterin die Getränke. Mit zittrigen Händen schnappte sich Frau Scholz, sie musste kaffeesüchtig sein, einen Becher vom Tablett. Swantje Robben verschanzte sich wieder hinter ihrem Computer, auf dem alle Informationen in Sachen Ankermord aufliefen. Akribisch trug sie jedes Indiz, Laborergebnis und alle Aussagen in ihre Datei ein. Viel war es noch nicht. Sie langweilte sich und war drauf und dran, die Wartenden höchstpersönlich zu verhören. Was sie davon abhielt, war allein die Tatsache, dass sie dann in Teufels Küche geraten würde und es mit dem schönen Inselleben ganz schnell vorbei wäre.

Als Hauptkommissar Jan Berg und Bea Bissick eintrafen, quittierte Frau Scholz das mit einem tiefen Seufzer. Ihre Beschwerde über die Kommissarin lag ihr schon auf der Zunge, doch deren Chef nahm ihr mit seiner freundlichen Art den Wind aus den Segeln.

»Wie ich sehe, hat meine Kollegin Sie bestens versorgt. Wir haben es leider nicht ganz pünktlich geschafft. Danke, Swantje, hast du gut gemacht.«

»Ist doch selbstverständlich, Chef! Soll ich Protokoll führen?« Sie strahlte Hauptkommissar Berg über ihr rundes Gesicht an. Nur Bea bemerkte die giftigen Blicke zwischen Petra Scholz und Kommissarin Robben.

»Nee. Wir nehmen das Gespräch auf Band auf.«

***

»Wie siehst du das, Bea?«, fragte Jan seine Kollegin, als die Scholz gegangen waren. »Die zwei haben ein Motiv. Findest du nicht auch? Gut, dass wir den Mitschnitt haben.«

»Ich weiß nicht. Ich glaube nicht, dass er der Mörder ist. Die hätten zwar ein Motiv und ein Alibi für die Tatzeit haben sie auch nicht, aber … Nein! An Jürgen und Petra Scholz sollten wir uns nicht festbeißen.«

»Aber die Sache mit ihrem Messer, das Frau Scholz nicht finden konnte, geht mir nicht aus dem Kopf. Traust du ihr das zu?«

»Der traue ich das schon eher zu. Er hat ja überhaupt nichts zu melden. Wenn die zu ihm sagt: Du musst deinen Bruder beseitigen! Was meinst du?« Darauf wussten sie keine Antwort.

Im Streifenwagen hörten sie sich den Mitschnitt noch einmal an. Das Ehepaar war nach Norderney gekommen, weil sie mit Ferdinand über die Erbschaft des Vaters reden wollten. Nicht etwa, um ein paar Tage auszuspannen. Scholz senior war vor Kurzem verstorben. Sein Erbe war nicht gerecht unter den Brüdern aufgeteilt worden. Petra stichelte. Sie ließ kein gutes Haar an dem Erblasser. Sie wollten das Testament anfechten und für Gerechtigkeit sorgen, falls Ferdinand nicht zu einer Einigung bereit wäre. Er war ihre letzte Rettung, um aus den finanziellen Schwierigkeiten herauszukommen.

»Kannst du dir vorstellen, dass Jürgen Scholz seinen Bruder umbringt und die Polizei ein paar Stunden später fragt, ob er ihn noch einmal sehen kann?«

»Nee.«

»Irgendwie geht's doch immer nur ums Geld«, sagte Bea.

»Oder Liebe.«

»Ach Jan, so einfach ist das auch wieder nicht. Es gibt weitaus mehr Mordmotive. Macht oder Rache zum Beispiel.«

»Du musst aber auch immer alles besser wissen.«

»Erfahrung«, erwiderte Bea. »Warum um alles in der Welt muss es eigentlich immer diese verfluchten Erbstreitigkeiten geben? Familien streiten sich bis aufs Blut. Schrecklich!«, schnaubte sie. »Hat auch Vorteile, wenn man nichts zu vererben hat«, seufzte sie. »Bei mir ist jedenfalls nichts zu holen.«

»Und wenn du plötzlich jemanden beerbst? Eine große Summe stünde auf dem Spiel. Würdest du das etwa ausschlagen?«

»Ich kann mir beim besten Willen nicht vorstellen, wer das sein sollte.«

***

»Gut, dass Ferdinand seinen Schlüssel dabeihatte. Das macht's wesentlich einfacher.« Jan Berg und Bea Bissick waren an der Adresse des Opfers angekommen. »Hier. Dr. F. Scholz.« Jan Berg drückte gewohnheitsmäßig den Klingelknopf, lehnte sich gegen die Tür und schloss gleichzeitig auf. Vor der Wohnungstür horchte Bea auf. Von drinnen waren Geräusche zu hören.

»Psst. Sei mal still. Da ist was.« Sie legte ihr Ohr an die Tür und lauschte. Ja, sie hatte sich nicht getäuscht, da bewegte sich etwas. Jemand war in der Wohnung. Automatisch langte ihre Hand zur Dienstwaffe. Jan Berg zuckte zusammen, als er das sah. Er tat es ihr nach, ließ die Pistole aber stecken.

»Soll ich klingeln?«

»Nee.«

Bedächtig drehte er den Schlüssel im Zylinder herum. Beas Zeigefinger krümmte sich um den Abzug der Pistole.

»Hände hoch! Polizei!«, brüllte sie. Sogleich stürmten sie die Räumlichkeiten. Es war mucksmäuschenstill. Nichts regte sich, nicht einmal das Ticken einer Uhr war zu hören. Mit dem Fuß schob sie die Glastür zum Wohnzimmer auf. Es war niemand zu sehen. Lautlos drückte sie die Klinke zum nächsten Raum herunter und stand in seinem Schlafzimmer. Das Bett war nicht gemacht, ein zerknüllter Pyjama lag auf dem Boden. Wieder nichts, auch nicht hinter den Vorhängen. Ein fensterloses Bad befand sich hinter der nächsten Tür. Die letzte Tür war nur angelehnt. Bea schob sie mit der Schulter auf. Kaum hatte sie ihren Fuß hineingesetzt, schoss von der Seite etwas auf sie zu, streifte scharf ihre Schulter. Bea schrie auf. Die Pistole entglitt ihr. Rückwärts taumelte sie ihrem Kollegen in die Arme.

Kapitel 10

Onno Fokken berichtete von seinem Abstecher bei Ida im Sanddornlädchen, nachdem Gretje und Piet ihn auf den neuesten Stand ihrer Ermittlungen gebracht hatten.

»Ida weiß auch nicht viel mehr als wir, auch wenn es ein paar Gerüchte gibt«, brummelte Onno. »Ist doch alles nur Seemannsgarn, was so geredet wird.«

»Ach? Was denn?«

»Ein Serienmörder soll das sein, der einen Hass auf Kurkliniken und deren Ärzte hat«, berichtete Onno. »Quatsch! Wenn du mich fragst.«

»Hm. Ist das alles?«, fragte Piet enttäuscht.

»Der Scholz soll eine Affäre gehabt haben. Mit jemandem aus der Klinik. Sagt Ida.«

»Aha. Jetzt kommen wir der Sache schon näher. Hat Ida einen Namen genannt?«, bohrte Gretje. Sollte es da eine weitere verdächtige Person geben? Der Spur musste sie unbedingt nachgehen.

»Hab ich mir nicht gemerkt«, sagte Onno.

»Das krieg ich schon raus. Da kannste Gift drauf nehmen!«

Gretje grübelte und verteilte die Aufgaben fürs Essen. »Onno, du schneidest Zwiebeln! Um den Hefeteig kümmere ich mich. Piet, du hilfst ihm dabei.« Sie drückte ihm einen großen Beutel roter Zwiebeln in die Hand. »Die müssen in feine Ringe geschnitten werden. Alle.«

»Ist das nicht ein bisschen viel?« Onno war nicht begeistert von seiner Tätigkeit als Küchenjunge.

»Nee. Unsere Kriminalpolizistin Bea, die hat ’nen anständigen Appetit, auch wenn man ihr das nicht ansieht. Mörder fangen macht nun mal hungrig! Und Ida hab ich auch eingeladen. Und dann, Onno«, zählte sie weiter auf, »kommt noch ein Überraschungsgast zu Besuch. Falls Anka sich das nicht anders überlegt hat. Ich lass mir von der nämlich die Haare schön machen.«

»Weiber! Was willst du denn auf deine alten Tage mit deinen Haaren noch anstellen?«, knurrte Onno und strich sich über die Glatze.

Schulterzuckend tat sie den Kommentar ab, es sollte eine Überraschung werden. »Das mache ich doch alles nur für euch«, behauptete sie. Dann scheuchte sie die Männer ans Zwiebelschneiden und mischte die Zutaten für den Hefeteig. Ausgerechnet in dem Moment klingelte es an der Tür.

»Mach mal einer auf!« Gretje streckte ihre teigverklebten Hände zur Entschuldigung weit von sich. Piet ging schon und öffnete. Gonzo schoss wie ein geölter Blitz herein, sprang an ihm hoch und leckte ihm vor Freude die Hand.

»Hmm. Das riecht aber gut hier.« Schnuppernd huschte Anka hinter ihrem Vierbeiner, der jetzt Onno umtänzelte, ins Warme. »Gonzo, komm sofort hierhin. Sitz!«

Der kleine Wildfang parierte und schenkte Onno einen Blick, der Steine erweichen konnte. Mit respektvollem Abstand scannte Anka den stattlichen Ostfriesen von unten nach oben ab. Bei seinem Gesicht angekommen, fing sie an zu grinsen. Sie prustete los und kriegte sich nicht wieder ein. Der Totenkopf an ihrem Ohr baumelte lustig hin und her. Onno Fokken sah aber auch zu komisch aus mit seiner Taucherbrille, die ihn beim Zwiebelschneiden schützen sollte. Seine Augen waren trotzdem verheult und ganz glasig.

»Was gibt's denn da zu gackern?«, raunzte er die Hundehalterin mit den bunten Haaren an. »Willste auch Gemüse schnippeln? Kannst dich gleich nützlich machen.«

Anka lachte den Kerl mit den verzwiebelten Augen herausfordernd an. »Du bist ja 'ne Type! Megacool.«

»Und was bist du für'n komischer Vogel?«, grummelte er zurück.

»Das geht vorbei. Alles endet!«, rief Anka übermütig. Sie haute ihm kumpelhaft auf seinen Bizeps, mitten in das Konterfei der Roten Lola. Das Tattoo welkte dahin, er konnte sich noch nicht dazu durchringen, es entfernen zu lassen.

Gretje zuckte zusammen. Sie war alarmiert. Piet hatte es auch gehört, er starrte Anka durchdringend an.

»Was glotzt ihr denn so? Man wird ja wohl mal ’nen Scherz machen dürfen? Wollte nur mal die Reaktion testen.«

»Jepp! Alles endet!«, wiederholte Gretje Blom die Worte, die sich in ihr Gedächtnis eingebrannt hatten. »Vor allem dämliche, makabre Scherze. Damit bist du bei uns an der falschen Adresse. Weißt du eigentlich, was du da gesagt hast?«

»Den Spruch kennt doch inzwischen die ganze Insel. In den Medien liest und hört man ja nichts anderes mehr. Verstehe gar nicht, was ihr euch so aufregt. Habt wohl Angst, dass eure Zeit auf dem Planeten auch bald vorbei ist, was? Ihr habt ja nicht mehr viel Zeit!«

»Aus!«, rief Gretje. »Vorher will ich aber noch so schöne Strähnchen haben wie du. Deshalb bist du ja hier und nicht nur wegen dem Essen. Gehen wir in mein Zimmer.«

Gonzo blieb in der Küche bei den Männern, dort fühlte er sich pudelwohl.

Die Stille in Gretjes Zimmer kam ihm nicht geheuer vor. Außer dem Gedudel des Radios hörte er nichts, als er nach einiger Zeit an ihre Tür ging und lauschte. Die ausgeflippte Haarstylistin und seine alte Freundin müssten sich bei dem Styling eigentlich kringeln vor Lachen.

Alles endet! Ein Witz sollte das sein?, dachte er grimmig. Unvermittelt riss ein Schrei ihn aus seinen Gedanken.

»Nein!«, hörte er Gretjes Stimme und stürzte in ihr Zimmer. Erstarrt blieb er in der Tür stehen und betrachtete die Frau, an der er jede Falte und jedes graue Haar liebte.

»Mach, dass du rauskommst«, keifte Gretje. Doch Piet hatte es schon gesehen. Silbrig reflektierende Stacheln standen von ihrem Kopf ab. Gretje Blom sah aus wie von einem anderen Stern.

»Alles in Ordnung?«, fragte er.

»Ja, ja!«, versicherte sie ungehalten. »Den Hefeteig und das Essen vergesse ich schon nicht. Keine Angst, ihr müsst nicht verhungern.« Sie scheuchte den besorgten Kumpel wieder raus, betrachtete sich im Spiegel und schmunzelte.

»Hast du das eigentlich gelernt? Bist du Friseurin? Du machst das echt gut.«

»Nee. Alles selbst beigebracht«, verriet Anka. »Hab meiner Mutter immer die Haare gemacht.« Ein verbitterter Zug legte sich mit einem Mal um ihren hübschen Mund.

»Jetzt nicht mehr? Hat sie einen anderen Friseur?«

Anka schwieg.

»Ach mien Wicht, dat ist ja auch egal, wer deiner Mama die Haare macht. Geht mich ja auch nichts an.«

»Mama ist tot«, brach es mit gedämpfter Stimme aus ihr heraus. »Alles endet! Irgendwann.« Mit zittrigen Fingern nestelte sie an einer Haarsträhne.

»Ach, du armes Wicht. Das tut mir aber leid.«

»Ist schon okay.«

»Krebs?«, fragte Gretje vorsichtig.

»Nein.«

Anka bestrich eine weitere Strähne mit Farbe und packte sie in Folie. »Depressionen. Sie konnte nicht mehr, sie …«, schluchzte Anka nun, »sie hat Tabletten genommen. Ich habe sie nicht rechtzeitig gefunden. Es war bereits zu spät.«

»Und dein Vater?«

»Arschloch! Der ist für mich gestorben! Der ist schuld an ihrem Tod.« Anka schniefte und schloss sich im Bad ein. Nach einigen Minuten wurde Gretje ungeduldig. Die ostfriesische Miss Marple legte absolut keinen Wert darauf, wie ein Pfau auszusehen, wenn die Folien runterkamen.

»Wie lange muss dat Zeugs denn noch drauf bleiben?«, rief sie und klopfte an die Badezimmertür. Anka kam heraus, sie prüfte die Kolorierung und spülte die Farbe aus. Tonlos erzählte sie, wie es gewesen war, ohne Vater aufzuwachsen. Unterhalt hatte er gezahlt, aber das war auch alles. »Meinen Geburtstag hat er jedes Jahr vergessen. Er hat mir noch nicht einmal gratuliert, als ich volljährig wurde. Geschenke hab ich nie gesehen, nicht mal zu Weihnachten.«

»Ist noch nicht lange her, dass du achtzehn geworden bist? Wie alt bist du denn jetzt?«

»Einundzwanzig.«

»Du kennst deinen Vater aber und weißt, wer er ist? Du hast ihn doch bestimmt mal kennengelernt? Oder nicht mal das?«

»Mein Erzeuger!«, korrigierte Anka mit schneidender Stimme. »Er war Mamas große Liebe. Er wollte sich scheiden lassen, hatte er ihr geschworen. So steht es jedenfalls in ihrem Tagebuch. Der Kerl hatte schon drei Kinder. Meine Halbgeschwister!« Sie lachte bitter.

Gretje ließ Anka weiter aus ihrem Leben erzählen. Es tat ihr in der Seele weh, mitanzusehen, wie viel Hass, Wut und Zorn, aber auch Verletzlichkeit hinter ihrer Coolness zum Vorschein kam.

»Mama hat mir einen Abschiedsbrief hinterlassen. Und diese Ohrringe. Die hatte sie immer so gern getragen.« Das Mädchen griff sich ans Ohrläppchen, umklammerte den glitzernden Totenkopf mit der Hand. »In dem Brief stand auch, wo ich ihr Tagebuch finden würde. Sie wollte, dass ich es lese. Ich kann es aber trotzdem nicht verstehen, dass sie mich allein gelassen hat. Ich brauche sie doch. Man hat doch nur eine Mutter. Wir hatten ja auch schöne Zeiten. Damals. Als sie noch nicht krank war. Willst du wissen, was ihre letzten Zeilen waren?«

Gretje nickte, auch wenn sie nicht wusste, ob sie es hören wollte.

»Grüß Ferdinand von mir, wenn du ihn siehst. Das hat sie geschrieben. Und: Sag ihm, wie sehr ich ihn geliebt habe und was für ein Arschloch er ist. Pass auf, dass er dich nicht um dein Erbe betrügt, dir steht genauso viel zu wie seinen anderen Kindern auch. Er ist reich! Sehr reich. Lass dich nicht von ihm einwickeln, denn das kann er.«

»Heftig!« Gretje schluckte. »Hast du ihn denn schon getroffen?«

»Dreckskerl!« Sie nickte, sog die Luft scharf ein und schockierte Gretje mit voller Wucht. »Aber nun ist der feine Ferdinand auch tot. Geschieht ihm recht!«, rotzte sie eiskalt raus.

In diesem Augenblick, er konnte nicht ungünstiger sein, kam Piet herein, mit einem Hefeteig, der über den Rand der Schüssel quoll. Die Frauen verstummten. Die Spannung im Raum war zum Schneiden. Von Gretjes Äußerem zu sehr abgelenkt, blieb Piet stehen, wo er war, und sah von einer zur anderen.

»Nee, nich?«, stammelte Gretje. Meinte Anka wirklich das Mordopfer? War sie, seine uneheliche Tochter, die Mörderin? Gretje hatte ihr voll vertraut.

»Piet, lass uns noch einen Moment allein! Ich komme sofort nach.« Sie wickelte sich ein Tuch um den Kopf. »Will ja nicht den Zwiebelgestank in den Haaren haben.«

»Angst vor dummen Sprüchen von Onno?«, lästerte Piet.

»Pfff!«

Sie wartete, bis Piet die Tür von außen geschlossen hatte, und bezahlte Anka. Wieder einigermaßen gefasst packte sie ihre Utensilien sorgfältig wieder ein.

»Jetzt hast du mich aber echt neugierig gemacht. Mit dem feinen Ferdinand, meinst du damit den Mann, der ermordet worden ist?«

»Glaub schon. Mein Erzeuger heißt jedenfalls Ferdinand Scholz«, erwiderte sie bockig. »Wieso interessiert dich das eigentlich so sehr? Glaubst du etwa, ich habe den Kerl umgebracht?« Sie zeigte Gretje einen Vogel. »An dem Mistkerl, da mache ich mir die Finger bestimmt nicht schmutzig!« Sie versprach, Gretje am nächsten Tag mehr zu erzählen. Von dem Treffen mit ihrem Erzeuger.

»Du bleibst aber noch zum Essen? Oder hast du dir das jetzt anders überlegt?«

»Klaro. Riecht ja echt lecker und ich hab noch nichts Richtiges gehabt.«

»Du kannst mir auch gleich erzählen, wie das war, während ich den Teig belege. Das ist wichtig!«

»Wie jetzt? Wird das ein Verhör? Und die beiden Kerle in der Küche hören uns zu? Geständnis mit Zeugen? Du spinnst wohl!«

»Nee. Das ist kein Verhör, nur Interesse am Mitmenschen«, beschwichtigte Gretje. »Weißt du, so Rentner, wie wir dat sind, die erleben ja nicht mehr so viel Aufregendes. Verstehste?«

»Lest ihr keine Bild?«

»Nee. Nur die Apothekenzeitung«, witzelte Gretje. »Wie lange muss ich eigentlich mit den Strähnchen herumlaufen?«

»Drei Monate hält das bei mir. Rausfärben ist schwierig. Aber …«, fragte Anka nun unsicher, »es gefällt dir doch, oder?«

»Ich fühle mich um Jahre verjüngt.« Gretje dachte aber bereits jetzt an einen Termin beim Inselfriseur, falls sie sich nicht doch daran gewöhnte.

Bevor sie den Zwiebelkuchen aus dem Ofen holte, genehmigte Gretje sich ihre Fittamine, auf deren Antiaging-Wirkung sie vertraute. Sie bot Anka auch einen Schnaps an. Aber die trank keinen Alkohol. Gretje hatte sich das so schön ausgemalt, wie die Kleine nach ein, zwei Schnäpschen anfing zu sabbeln. Auf die Trinkfreudigkeit der Jugend konnte man sich auch nicht mehr verlassen. Ebenso wenig auf die Treue eines Hundes. Als Leon mit Ida eintraf, schenkte er ihm all seine Sympathien. Leons Charme wirkte selbst bei einem Vierbeiner. Nach Gonzos stürmischer Begrüßung knuddelte Leon Gretje und zupfte an ihrem Kopftuch herum.

»Heute mit Turban? Sehr schick.«

Onno, der wie ein lächelnder Buddha am Tisch saß, beobachtete das Getue und gab auch seinen Senf dazu. »Sieht sie nicht aus wie ein Außerirdischer? Und die da«, er zeigte auf Anka, »die hat ihr das eingebrockt und ihr die Haare verfärbt.«

Leon grinste. Er ging mit Gretje vor die Tür und ehe sie sich versah, hatte er ihr die Kopfbedeckung abgenommen. »Nun lass dich erst einmal richtig ansehen«, sagte er prüfend. »Wow! Ganz schön mutig von dir.«

»Und?« Trotzig erwartete sie sein Urteil.

»Du bist und bleibst ein Original. Egal, ob du bunte Strähnchen im Haar hast oder nicht. Also, ganz ehrlich, mir gefällt es.«

Schmunzelnd bedeckte sie ihr Haar wieder und flüsterte ihm in Kurzfassung zu, was sie von Anka erfahren hatte. »Psst! Das ist topsecret!«

»Dein Einsatz als Haarmodel hat sich jedenfalls gelohnt.« Viel mehr konnte sie ihm nicht verraten, Bea Bissick und Jan Berg waren nun auch angekommen.

»Wen habt ihr denn mitgebracht?« Gretje sah in ein Katzenkörbchen, direkt in zwei funkelnde Augen. Jan Berg trug es mit weit von sich gestreckten Armen vor sich her.

»Das ist der Untermieter von Dr. Scholz. Den haben wir bei ihm eingefangen. Das Kätzchen kann doch bestimmt ein paar Tage bei euch bleiben, oder? Wenigstens so lange, bis sich jemand für ihn findet.«

»Das hat uns gerade noch gefehlt«, knurrte Onno. Einen verspielten Kater wollte er nicht auch noch beherbergen. Unerschrocken öffnete er den Korb, aus dem es furchterregend fauchte. Onno hielt seine Pranke hinein und grinste, als der Stubentiger sie zaghaft beschnupperte und sich vorwagte. Gonzo trippelte vor dem Tisch aufgeregt hin und her, er kläffte seine Konkurrenz aus Leibeskräften an.

»Ich verschwinde denn mal lieber«, entschied Anka. »Gonzo hasst Katzen. Packst du mir was zu essen ein?«

Gretje machte ihr ein dickes Lunchpaket fertig. Es gefiel ihr gar nicht, dass Anka schon ging. »Bleibt es denn bei unserer Verabredung morgen?«

»Mal seh'n. Wieso hast du die Bullen eingeladen? Ist das hier die Polizeikantine? Du hast mich doch nicht etwa verpetzt?«, funkelte Anka sie böse an. Überstürzt verließ sie mit Gonzo die heimelige Friesenrose.

»Nee! Ich kann schweigen.«

Beim anschließenden Essen schwiegen Jan Berg und Bea Bissick sich beharrlich aus. Vom Stand ihrer Ermittlungen kam kein Sterbenswörtchen über ihre Lippen. Jan erzählte nur von dem verängstigten Kätzchen, das Bea Bissick angesprungen und zu Tode erschrocken hatte. Es war das reinste Wunder, dass sich aus ihrer Waffe kein Schuss gelöst hatte.

Am selben Abend setzte sich die SOKO ANKERMORD noch einmal zusammen, nachdem die Luft rein war und die Kriminalbeamten sich ins Zimmer Nummer fünf zurückgezogen hatten. Sie planten die nächsten Schritte und Gretje verteilte wie gewohnt die Aufgaben.

»Piet«, sagte sie, »du machst ab morgen ein paar Tage Campingurlaub!« Sie ließ ihm gar keine Möglichkeit zu widersprechen. »Ferdinands Bruder und seine Frau sollten wir unbedingt beschatten. Piet, das kannst du am besten.«

»Zelten soll ich?« Er zog ein langes Gesicht, die Vorstellung, sein Dachzimmer mit Seeblick gegen ein Zelt, eine Luftmatratze und einen Schlafsack einzutauschen, gefiel ihm überhaupt nicht. Die Temperaturen lagen gefühlt knapp über dem Gefrierpunkt, auch wenn das Thermometer etwas anderes anzeigte.

»Keine Widerrede. Für die Gerechtigkeit muss man auch mal Opfer bringen. Hab ich doch auch.« Sie wuschelte sich durchs Haar. »Ein weiteres Unglück müssen wir verhindern!«

»Na gut«, willigte er ein. »Und was machen die anderen?«

Die Frage wurde später erörtert, denn mitten in ihre Überlegungen platzte Bea hinein und fragte Onno nach einem Bolzenschneider.

***

Gretjes Bekannte mit dem Hund hatte verdächtig schnell das Weite gesucht, fand Bea. Ihre Ausrede mit der Katzenphobie des Dackels konnte sie nicht gelten lassen. Sie hatte versucht, etwas über die Frau herauszubekommen, doch Gretje reagierte mit der Sturheit eines Esels. Sie lüftete lediglich ihre Kopfbedeckung und damit das Geheimnis um das seltsame Mädchen. Mutig präsentierte sie nun allen am Tisch ihre petrolfarbenen Strähnchen im silbergrauen Haar.

»Deshalb hab ich dat Wicht eingeladen«, sagte Gretje, um Beas Neugier zu befriedigen. Es war das reinste Katz- und Maus-Spiel zwischen den beiden Frauen. Mit allen Tricks versuchten sie der anderen auf die Schliche zu kommen und Informationen abzuluchsen. Bei Bea hatte Gretje schlechte Karten mit ihrer Taktik, bei Jan klappte das besser. Mit einem Tritt gegen das Schienbein erinnerte Bea ihren Kollegen an seine Schweigepflicht, wenn es brenzlig wurde. Nach dem vorzüglichen Zwiebelkuchen zogen sich die Ermittler aufs Zimmer Nummer fünf zurück.

Die Tagesschau, die auch von dem Mord auf Norderneys beliebter Aussichtsdüne berichtete, war längst vorbei. Jan und Bea fassten zusammen: Ein Toter, mehrere Verdächtige und jede Menge ungeklärter Fragen. Und dann mischte sich auch noch die nervige Rentnergang in ihre Ermittlungen ein! Als Bea sich darüber lustig machte, fiel ihrem Kollegen Gretjes WhatsApp vom Nachmittag ein. Er hatte sie noch nicht einmal geöffnet.

»So'n Schiet aber auch!«, sagte er. »Guck dir das mal an, Bea!« Er zeigte ihr die Nachricht mit einem Foto. Darauf war ein Vorhängeschloss mit einer makabren Inschrift zu sehen.

»Da hatte es aber jemand verdammt eilig, seiner Freude über Ferdinands Tod Ausdruck zu verleihen«, kommentierte sie. »Los, Jan, das sollten wir uns vor Ort ansehen.«

»Heute noch?«

»Wann sonst? Ein bisschen frische Luft und Bewegung kann nicht schaden.«

»Wenn du meinst.«

Bea platzte mitten in das Meeting der Senioren. Ihre Frage nach einem Bolzenschneider hatte zur Folge, dass sie Farbe bekennen musste, was sie damit wollten. Natürlich hatte Onno einen in seiner Werkstatt. Er bestand darauf, das Schloss eigenhändig zu entfernen.

»Dann hab ich doch auch schon meine Aufgabe«, brummelte er in Piets Richtung.

»Dann machen wir auch einen Nachtspaziergang. Komm, Piet!«, forderte Gretje ihn auf.

»Nee. Nicht mit mir! Ich muss mich auf meinen Einsatz vorbereiten«, maulte er.

Nur noch wenige Fenster waren erleuchtet, als das Trio an der Rehaklinik vorbeikam. Immer noch schlenderten Menschen über die Promenade. Auf dem Aussichtspunkt befanden sich inzwischen etliche rote Grablichter, denen die Meeresbrise nichts anhaben konnte. Sie warfen ein diffuses Licht auf den Todesanker. Blumen, Muscheln, sogar Kuscheltiere zeugten von der Anteilnahme an Ferdinands Tod. Offensichtlich war er bei vielen Menschen sehr beliebt gewesen.

Bea behielt ihren Kollegen im Auge, als sie oben ankamen. »Bleib besser da, wo du bist. Pass auf, dass uns keiner stört«, wies sie ihn an. Einem neuen Schwächeanfall von ihm fühlte sie sich heute nicht mehr gewachsen. Bei ihrer Suche nach dem Vorhängeschloss drehten sie jedes einzelne um. Sie beleuchteten die Gravuren, fanden aber nicht das von dem Foto.

»Dat hat schon einer mitgenommen«, folgerte Onno. »Eure Kollegen vielleicht?«

»Das würde mich wundern«, sagte Jan.

Für Onno stand fest, dass derjenige, der es angebracht hatte, es auch wieder abgenommen hatte. »Der hat hinterher bestimmt Schiss gekriegt wegen den Fingerabdrücken. – Dann geh ich jetzt mal«, sagte Onno.

Er steckte seinen Bolzenschneider zurück in die Werkzeugtasche und ermahnte Bea, leise zu sein, wenn sie zurückkam. Auch eine Kriminalhauptkommissarin hatte sich an seine Hausordnung zu halten.

Kapitel 11

Der Tag nach dem Feiertag kündigte sich mit dicken Regentropfen an, die einem Trommelwirbel gleich gegen die Scheiben pladderten. Ein fieser Nordostwind heulte ums Haus und trieb dunkle Wolken übers Meer. In der Friesenrose tigerte ein schwarzer Kater unruhig durch die Stube und begrüßte Gretje mit herzerweichenden Maunzern.

»Armer kleiner Kater. Was machen wir denn jetzt bloß mit dir? Dein Herrchen kommt nicht wieder. Sollen wir seinen Bruder mal fragen, ob du zu denen kannst? Was meinst du? Oder ob eins von seinen Kindern dich adoptiert? Ich sag dem Jan, er soll die fragen«, versprach Gretje dem Kleinen. Dankbar schnurrte er, als hätte er alles verstanden, und ließ sich das Köpfchen kraulen.

Wetterfest im Ostfriesennerz, mit Gummistiefeln und Regenhut, marschierte Gretje Blom zu Anna Franke. Die Albträume der vergangenen Nacht wurden mit einem Mal wieder lebendig und ängstigten die sonst so taffe Seniorin. Sie hatte von blitzenden Messern, aber auch von Federhaltern mit rasiermesserscharfen Schreibfedern geträumt. Ein anderer Traum, in dem sie mit dem Gesicht zur Wand in einer dunklen Ecke saß und zur Strafe hundertmal den Satz ›Alles endet!‹ schreiben musste, war so präsent, als hätte sie es gerade erlebt. Ob Anna Franke auch so schlecht geschlafen hat?, fragte sie sich.

Die junge Mutter war von Albträumen verschont geblieben. Nachdem sie sich mit ihrem Baby hingelegt hatte, war sie in einen tiefen, traumlosen Schlaf gefallen. Jedenfalls konnte sie sich nicht erinnern.

»Heute ist alles wieder da, ich sehe es ganz deutlich vor mir. Deine Haare waren aber gestern anders, oder?«

›Nich lang schnacken‹, dachte sich Gretje, bestätigte Annas Beobachtung und kam ohne Umschweife auf den Grund ihres Besuchs zu sprechen. »Du hast doch Fotos gemacht, als du raufgegangen bist. Zeig mal her.«

Anna konnte die Aufnahmen aus dem Papierkorb retten, sie waren noch nicht endgültig gelöscht. »Hier! Das ist es.«

Eine schlanke Person mittlerer Größe mit dunklen Laufklamotten war zu erkennen. Vom Gesicht sah man so gut wie nichts, auch nicht bei näherem Heranzoomen. Die Aufnahme war unscharf, es konnte sich um eine Frau, aber auch um einen Mann handeln. Gretje war enttäuscht. Sie fragte, ob die Polizei sich schon bei Anna gemeldet hatte.

Anna verneinte. »Mein Mann hat gestern niemanden reingelassen, er hat auch nichts gesagt von der Polizei.«

»Dann kommen die heute vorbei«, versicherte Gretje ihr. »Hast du auf eurem Spaziergang noch mehr fotografiert? Der Täter könnte dir ja schon vorher über den Weg gelaufen sein. Fällt dir etwas ein, das dir merkwürdig vorgekommen ist?«

Anna lächelte madonnenhaft und zeigte auf Klein-Theo, der in ihrem Arm zappelte und langsam unruhig wurde. »Der kleine Mann lässt mir gar keine Zeit für solche Spielereien. Mir fällt nichts ein.«

»Denn will ich jetzt man auch wieder los. Habe noch andere wichtige Termine. Wenn was ist, melde dich. Hast ja jetzt meine Nummer.« Gretje schäkerte kurz mit dem Baby und bedauerte, dass sie sich unter diesen Umständen kennengelernt hatten. »Denn passt man gut auf euch auf. Tschüss denn.«

»Wie meinst du das? Glaubst du, ich … sind wir in Gefahr? Denkst du, der hat mich erkannt?« Annas Augen weiteten sich vor Angst.

»So war das doch nicht gemeint. Nun mal keine Panik«, versuchte Gretje sie zu beruhigen. Ganz abwegig war der Gedanke allerdings nicht, fand Gretje. Aber doch sehr unwahrscheinlich.

Kapitel 12

Den Weg zum Aufzug hätte Gretje auch ohne Hilfe der Empfangsdame gefunden. Sah sie denn aus wie ein orientierungsloser Neuzugang?

Als der Fahrstuhl endlich im Erdgeschoss anhielt, strömte eine ganze Ladung Männer und Frauen mit Reisegepäck heraus. Gretje versuchte sich die Gesichter der Leute zu merken, die teils erwartungsvoll, teils wehmütig umherliefen und sich von ihren neugewonnenen Freunden verabschiedeten.

Auf dem Weg nach oben zupfte sie ihre Frisur in Form und überlegte, was sie machen wollte, bis der Kurs begann. Sie dachte an ein Gespräch mit der Kursleiterin unter vier Augen, bei dem sie etwas über die Teilnehmer der letzten Wochen in Erfahrung bringen konnte. Die Fahrgäste, die in der ersten Etage einstiegen, rissen sie aus ihren Gedanken.

»Haare gut, alles gut?«, kommentierte einer der Zugestiegenen, der ihre für ältere Damen typische Handbewegung mitbekommen hatte. Gretje würdigte den jungen Mann mit einem abschätzigen Seitenblick. Kommentare zu den blauen Strähnchen brauchte sie wirklich nicht, so richtig konnte sie sich damit nicht anfreunden. Gemeinsam mit einer fröhlichen Mittfünfzigerin, die sich als Biggi vorstellte, erreichte Gretje Blom ihr Ziel, die zweite Etage. Der Scherzkeks drängelte sich rücksichtslos an ihnen vorbei und lief voraus.

»Musste dir nichts bei denken. Timo hat immer einen flotten Spruch drauf«, raunte Biggi Gretje zu.

»Hab ich auch nicht.«

»Meine Reha ist schon bald wieder vorbei, nur noch einmal. Aber das Wetter wird ja jetzt auch schlechter und …«, schnabbelte sie kurzatmig. »Du hast die schöne Zeit noch vor dir? Bist du heute erst angekommen?«

»Macht der flotte Timo etwa auch beim Lettering mit?«, fragte Gretje zurück, anstatt ihrer redseligen Bekanntschaft auf die Nase zu binden, was sie hierher verschlug.

»Nee, das ist einer von den Saisonkräften. Timo macht diese Etage und die Essensausgabe.«

Gretje sah ihm nach, wie er den langen Flur entlanglief. Erst schloss er die Türen auf der rechten Seite des Flures auf, auf dem Rückweg machte er dasselbe auf der anderen Seite. Mit einem beeindruckenden Tempo erledigte er seine Arbeit. »So jung ist der aber auch nicht mehr«, dachte Gretje laut. »Für einen Ferienjob schon ein bisschen zu alt, findest du nicht auch?«

Biggi lachte. Sie glaubte, Gretjes Interesse galt dem knackigen Hintern des jungen Mannes. »Ach, ja«, seufzte Biggi, »es gibt Männer, die schon eine Sünde wert sind.«

Nun kam Timo ihnen wieder entgegen und wünschte den Damen viel Spaß beim Schönschreiben. »Du meinst aber nicht etwa Timo? Ist der nicht ein bisschen zu jung für dich?«, frotzelte Gretje.

»Wie man's nimmt. Aber der ist auch ein bisschen komisch. Launisch ist der, also ich weiß nicht. Als ich hier neu war, da hab ich mal so ein bisschen mit ihm geflirtet. Also, ich hab ihn nur gefragt, was er für einen Duft draufhat, und da hat der mich vielleicht mal angemacht, das kannst du dir gar nicht vorstellen!« Biggi war immer noch empört, das legte sich jedoch, als sie auf Dr. Scholz zu sprechen kam.

»Aber der Ferdinand, der Dr. Scholz, das ist einer von den Ärzten hier, bei dem … Hast du es schon gehört?«

»Hm«, bejahte Gretje. »Hab schon davon gehört. Schrecklich. Was war denn mit diesem Ferdinand?«

»Der verstand Spaß. Der war charmant und von den Frauen heiß begehrt. So ein interessanter Mann aber auch«, schwärmte Biggi mit verhaltener Stimme, obwohl sonst noch niemand eingetroffen war. »Ich will ja nichts Falsches sagen, aber der war leider schon vergeben. Mit unserer Kerstin vom Empfang soll der eine Affäre gehabt haben. Als die von seinem Tod erfahren hat, ist die umgekippt. Mit der können wir heute nicht rechnen.«

»Ach. Macht die auch beim Schönschreiben mit?«

»Meistens. Wenn sie Spätdienst hat. Die Kerstin, die ist sowas von kreativ und ein Talent hat die! Zu jeder Stunde bringt die neue Ideen mit. Ich weiß gar nicht, wo die das hernimmt. Wir sind immer alle ganz heiß darauf.«

»Wow! Was ist denn so besonders an ihren Ideen?«, erkundigte Gretje sich. Die Antwort blieb Biggi ihr allerdings schuldig. Nebenbei breitete Gretje ihre Schreibutensilien aus, schlug ihr abgewetztes Schreibheft auf und kritzelte Linien, Kreise und Punkte auf das Papier, wie sie es häufig machte, wenn sie konzentriert nachdachte. Was ist mit den Frauen, die ein Auge auf Ferdinand geworfen und keine Chance bei ihm hatten?, fragte sie sich. Da gab es doch bestimmt welche, die vor Neid und Eifersucht platzten. Aber reichte das, um ein Menschenleben auszulöschen?

»Wer weiß das denn alles? Mit dem Verhältnis?«

Schritte näherten sich. Biggi flüsterte Gretje noch ins Ohr, dass Kerstin verheiratet ist und sich heimlich mit ihrem Liebhaber treffen musste, bevor die Tür aufging. Biggi schien sich gut auszukennen auf dem Gebiet.

Die Kursleiterin ordnete ihre Vorlagen, Übungsbögen und weiteres Material auf ihrem Tisch an. Sie stellte sich den Neuen als Kira vor und demonstrierte, was sie für die nächsten anderthalb Stunden vorbereitet hatte. Es ging mit theoretischem Input los, anschließend folgte die Praxis. Gretje war mit Feuereifer dabei und malte Buchstaben, Wörter und Sätze fein säuberlich aufs Papier, dabei suchte sie fieberhaft nach einer Gelegenheit, mit Kira allein zu sprechen.

Am Schluss der Stunde, als die Gruppe sich auflöste, hatte sie ihre Chance. Zunächst öffnete Kira die Fenster und räumte auf. Gretje half ihr beim Einsammeln der Stifte, erzählte die verstaubte Geschichte von ihrer Eins in Schönschrift, die seit dem letzten Jahrtausend auf ihrem Zeugnis prangte, und bat die Kursleiterin um Übungsblätter für zu Hause. Kira schlug eine dicke Mappe mit Arbeitsbögen auf. »Such dir was aus. Drei bis fünf Stück sollten genügen.«

Schön geschriebene Zitate, Gedichte, Glückwünsche und andere freie Texte für jede erdenkliche Lebenslage befanden sich darin. Auf die Schnelle blätterte Gretje sich durch Liebe, Lust und Trauer. Die Zeit war zu knapp, um in Ruhe zu stöbern. Ziemlich am Schluss entdeckte sie aber, wonach sie suchte. Die zwei Worte, exakt geschrieben, mit einem ›t‹, das wie ein Kreuz aussah, stachen ihr sofort ins Auge. Es waren die Worte, die sie bis in den Schlaf verfolgt hatten.

»Ganz hinten sind auch noch Sticker, wenn du deine Arbeiten verzieren möchtest. Kannst dich daran bedienen, ich hab viel zu viel davon.«

»Hast du auch was mit Totenköpfen?«

Mit einem schrägen Seitenblick antwortete Kira: »Natürlich. Totenköpfe sind momentan total in.« Sie nahm Gretje die Mappe ab und reichte ihr einen Bogen. »Hier! Und ich hab immer gedacht, ältere Menschen wollen damit nichts zu tun haben. Ich meine, mit Sterben und Tod.«

»Nee«, trotzte die alte Ostfriesin, »seit mein Freddy das Zeitliche gesegnet hat und bei die Fische ist, interessiert mich das sogar immer mehr. Und nun auch noch dieser irrsinnige Ankermord.«

Die Kursleiterin horchte auf. »Genug für heute! Üben Sie bis zur nächsten Woche fleißig und stecken Sie Ihre Nase nicht in Sachen, die Ihnen nur schlaflose Nächte bereiten.« Kira war auf einmal wie ausgewechselt. Sie drehte Gretje abrupt den Rücken zu und schloss die Fenster wieder. Die hervortretende Ader an ihrer Schläfe, in der es unablässig pochte, war Gretje Blom aber nicht entgangen.

Kapitel 13

Die Ermittler starteten einen zweiten Versuch, die Wohnung des Verstorbenen zu inspizieren. Der verängstigte Stubentiger hatte ihnen tags zuvor einen Strich durch die Rechnung gemacht. Sie hatten es nicht geschafft, sich umzusehen oder etwas anzufassen, ohne dass das fauchende Ungeheuer seine Krallen ausfuhr.

Bea blätterte in Ferdinands ledergebundenem Taschenkalender. Geburtstage, Adressen, auch private Termine und Notizen waren fein säuberlich eingetragen. »Guck mal!« Sie schlug die aktuelle Woche auf. »Hier hat er den Termin mit B.B. auch eingetragen. Abgehakt!«

»Und? Was bedeutet das deiner Meinung nach?«

»Das Treffen hat stattgefunden. Und dann ... wenn ich das richtig interpretiere«, sie deutete auf einen Pfeil neben der Eintragung, »steht daneben eine Notiz: Notar anrufen! Die Telefonnummer hat er auch eingetragen. Dem Notar sollten wir einen Besuch abstatten.« Auf der nächsten Seite, eine Woche später, entdeckten sie den Termin bei einer Notarkanzlei auf der Insel.

»Bingo! Da gehen wir hin. Wenn wir hier fertig sind.«

Jan Berg schaute auf. Er sah sich die Fotos an, die herumstanden. Sein Blick ruhte auf einem Foto, das Dr. Scholz mit seiner Familie unterm Weihnachtsbaum zeigte. Drei Jungs und eine hübsche Frau, die ein typisches Fotolächeln zur Schau trug. Auf einem anderen Bild nahm Dr. Scholz auf einem Ärztekongress eine Urkunde entgegen, er musste ein bedeutender Mediziner gewesen sein.

»Interessant!« Der Hauptkommissar zog ein Album aus dem Regal, es war bestückt mit den Fotos seiner Sprösslinge. Zuerst reihten sich die Babyfotos aneinander, laut Datum war das über dreißig Jahre her. Dann posierten die Jungs mit Schultüte, junge Männer im Konfirmandenanzug grinsten gottergeben, Urlaubsbilder mit den Kids auf Norderney füllten einige Seiten und weiter hinten im Album sah man die Sprösslinge mit einem Bier, dem Papa zuprostend. An den achtzehnten Geburtstagen lehnte jeder mit einem Autoschlüssel in der Hand an einem neuwertigen Mittelklassewagen. Wenig später folgten Aufnahmen mit der Freundin und den krönenden Abschluss bildeten Fotos, auf denen die Söhne im Abstand von zwei Jahren mit Doktorhut in die Kamera lächelten.

»Und? Was Interessantes dabei?«

»Nee, das Übliche.«

In dem antiken Schreibtisch ertastete Bea zufällig eine verborgene Schublade. Neugierig zog sie sie auf und förderte ein abgewetztes Notizbuch zutage. Das Büchlein wollten sie sich für später aufsparen, die To-do-Liste sah ja noch die Besuche bei Anna Franke und bei dem Notar vor. Für das intime Tagebuch war jetzt keine Zeit. Die Söhne Scholz hatten ihren Besuch ja auch noch für abends angekündigt.

Jan Berg nahm das Notizbuch und ein paar andere Sachen in Verwahrung. Bea wählte die Nummer des Notariats, legte aber auf, als der Anrufbeantworter sich meldete. »Da gehen wir auf gut Glück vorbei«, sagte sie zuversichtlich.

Nachdem Bea und Jan die Hürde über die Notariatssekretärin genommen hatten und zu ihm vorgedrungen waren, pochte der Notar auf seine Verschwiegenheit. Behäbig fläzte er in einem schweren Ledersessel, richtete sich nur ein wenig auf, um über den Stapel Papiere und Akten, die sich kunstvoll türmten, seinen ungebetenen Besuch sehen zu können.

»Herr Dr. Scholz hat mir nichts Näheres verraten. Dafür hatten wir schließlich einen Termin vereinbart.«

»Wir ermitteln in einem Mordfall, Ihr Klient tot. Wir müssen jedem Hinweis nachgehen. Also bitte«, sagte Bea bissig.

»Wie weit ist die Kripo denn schon mit ihren Untersuchungen?«

»Das unterliegt unserer Verschwiegenheit. Wenn Sie mit uns kooperieren, sind wir ein Stückchen weiter.«

Der Notar lehnte sich wieder zurück, betrachtete die Beamten abschätzend und stellte eine Frage: »Was schätzen Sie denn, was er von mir wollte? Los, fragen Sie mich!« Hämisch grinsend taxierte er die beiden, als seien es Schachfiguren, mit denen er spielte.

»Es ging um seine Immobilie?«, riet Bea.

»Jein!«

»Vorsorgevollmacht?«, tippte Jan Berg.

Der Notar schüttelte sein schütteres Haar.

Den Ermittlern wurde nur allzu klar, dass sie ihre Zeit verschwendeten, wenn sie sich noch länger in der Kanzlei aufhielten. Den Besuch hätten sie sich sparen können, der arrogante Fatzke brachte sie kein bisschen weiter.

»Testament!«, versuchte Bea einen letzten Vorstoß. Damit lag sie richtig.

Der Notar nickte. »War doch gar nicht so schwer.«

»Was sollte denn geändert werden? Wollte er seine Geliebte in dem Testament begünstigen?«, knallte sie ihm um die Ohren. Mit dem Stichwort lockte sie den Notar aus der Reserve. Jäh richtete er sich auf, stützte sich auf der Schreibtischplatte ab, wirbelte die Loseblattsammlung auf, sodass die obersten Papiere zu Boden fielen, direkt vor Beas Füße.

›Testamentsänderung!‹, las sie blitzschnell. Und noch ehe er das Papier wieder zu fassen bekam, konnte sie ›uneheliches Kind – Bianca Berger‹ wahrnehmen. Zufrieden verließen sie daraufhin den Notar.

»Das ist ja wie ein Sechser im Lotto! Nun wissen wir wenigstens, wer B.B. ist. Bianca Berger! Der feine Doktor hat eine uneheliche Tochter.« Bea rieb sich die Hände. »Swantje soll mal sofort den Namen checken und die Adresse von Bianca Berger ausfindig machen.«

Jan Berg erteilte seiner Kollegin auf der Wache den Auftrag, zusätzlich sollte sie herausfinden, ob B.B. auf der Insel weilte, und wenn ja, wo sie gemeldet war.

»Darauf haben wir uns jetzt aber erstmal ein Fischbrötchen verdient«, sagte die Hauptkommissarin.

***

»Sag mal, Bea«, Jan Berg kaute an seinem Krabbenbrötchen, »wen hattest du vorhin eigentlich gemeint mit seiner Geliebten? Wir wissen das doch gar nicht, ob der eine hatte.«

»War nur ein Bluff. Aber wie du siehst, ist er voll darauf angesprungen, es gibt also eine Geliebte. Und wahrscheinlich auch einen Ehemann dazu.«

»Hatten Gretje und ihre Geheimdetektive nicht auch von einer Geliebten gesprochen?«, glaubte Jan Berg sich zu erinnern. »Hatte sie nicht von einer Affäre mit jemandem aus der Klinik gesprochen?«

»Männlein oder Weiblein?«

»Hä?« Jan Berg verstand nicht, worauf sie hinauswollte.

»Was meinst du, war unser Ferdinand schwul? Ich mein ja nur, weil der Personalreferent sich so merkwürdig verhalten hat. Aber das hast du ja nicht mitgekriegt, da warst du ja schon in der Cafeteria«, stichelte sie.

»Quatsch! Dr. Scholz war verheiratet und hat drei Kinder.«

»Vier Kinder.«

»Auch gut. Nee, das glaub ich nicht. Die Dame vom Empfang hat uns doch so begeistert von seinem Charme vorgeschwärmt, mit dem er die Herzen sämtlicher Frauen höherschlagen ließ.«

Bea pfiff durch die Zähne. »Du bist ja richtig romantisch. Mensch Jan, das hätte ich dir gar nicht zugetraut.«

Nach der kleinen Stärkung ging es weiter zu Anna Franke. Sie erwartete das Duo bereits. Ihr Baby war gerade eingeschlafen, sie flüsterte und legte einen Finger auf die Lippen.

»Gretje Blom hat Sie mir schon angekündigt. Gibt es etwas Neues?«

»Wir haben eine heiße Spur«, beruhigte der Hauptkommissar die Frau.

»Ja, wirklich?« Anna seufzte auf. »Ich habe riesige Angst. Ich glaube, der Mörder hat mich gestern Morgen gesehen.« Sie zeigte den Beamten das Foto und erzählte ihnen alles, was sie auch Gretje schon gesagt hatte.

»Schwer zu erkennen.« Die Person konnte ein Mann, aber auch eine Frau sein. Anna überließ der Polizei das Foto und auch noch das Selfie, das sie danach aufgenommen hatte. Zwar war darauf nichts zu sehen, aber Bea Bissick wollte es trotzdem gern überprüfen lassen. Einfühlsam erkundigte sie sich im Laufe des Gesprächs nach dem Befinden der Frau. Damit schürte sie Annas Ängste aber nur noch. Die Frau zitterte wie Espenlaub und fing an zu weinen. »Frau Franke, ich kann Ihnen nur raten, sich professionelle Hilfe zu holen. Es gibt sehr gute Therapeuten, die Ihnen helfen können, das Erlebte zu verarbeiten.« Bea schrieb ihr zwei Adressen auf, Anna steckte sie gedankenverloren in die Hosentasche.

»Wann denn? Ich hab ein Baby, ich stille! Sie haben wohl keine Kinder?«

Bea wunderte sich nicht über ihre ablehnende Reaktion. Sie bemerkte die dunklen Ringe unter den Augen. Permanenter Schlafmangel. Die Beamtin erinnerte sich noch gut an die Zeit, als ihre Tochter ein paar Monate alt war. Bea hätte in so einer Situation ähnlich reagiert.

»Doch«, sagte sie, »ich habe eine Tochter, die ist aber aus dem Gröbsten raus. Anna, ich kann Sie sehr gut verstehen, so ein kleiner Mensch verlangt einem viel ab. Aber man bekommt noch viel mehr zurück.«

Annas Gesicht hellte sich ein bisschen auf. Das tat gut, jemand verstand sie und konnte ihre Ängste nachvollziehen.

Jan Berg beobachtete die abgeordnete Kollegin aus Osnabrück voller Hochachtung. Was die Bissick schon alles durchgemacht hatte! Dabei waren sie ungefähr gleichaltrig. Der alberne Klingelton seines Handys riss ihn aus seiner stillen Bewunderung. Swantje Robben war dran. Mit guten Nachrichten. Ferdinands Tochter war auf der Insel.

Kapitel 14

Die Pension, in der B.B. abgestiegen war, befand sich in Hafennähe. Nicht die beste Lage, dachte Jan Berg bei der Adresse. Aber wohl nicht so teuer. Swantje hatte umfassend recherchiert und ihm den Aufenthaltsort sowie alles, was sie über die uneheliche Tochter des Opfers herausfinden konnte, per Mail zugeschickt.

»Bianca Berger, einundzwanzig Jahre, wohnhaft in NRW, in einem Vorort von Köln. Mutter: Sandra (genannt Sunny) Berger, vor zwei Jahren verstorben. Vater: Dr. Ferdinand Scholz, wohnhaft in Köln-Rodenkirchen«, las er laut.

»Kleiner Nachzügler«, kommentierte Bea das Alter des Mädchens. Zehn Jahre Altersunterschied lagen zwischen dem jüngsten Sohn und ihr. Die Hauptkommissarin stellte Vermutungen an, wie Sunny und Ferdinand sich wohl kennengelernt hatten.

»Das werden wir schon noch herausfinden«, sagte Jan. In der nächsten Mail fand er schon einen möglichen Hinweis darauf. Biancas Mutter war Krankenschwester in einer Unfallklinik. Da lag es doch auf der Hand, dass der Arzt und die Schwester sich am Arbeitsplatz kennengelernt hatten.

»Hat Swantje dir keine Fotos von dem Mädchen mitgeschickt?«, wollte Bea wissen. Normalerweise gehörten die immer zu einer Personenbeschreibung. Wenigstens eins. Steckbrieffoto nannte sie es.

»Nu mal langsam, mein Handy lädt ja noch.«

Mit dem Dienstwagen fuhren sie zum Hafen. Auch jetzt, am frühen Nachmittag, regnete es und es sah auch nicht so aus, als würde sich das in den nächsten Sunden ändern. Die Wolken hingen immer noch als finsteres Gebilde über dem Meer.

»Hast du die Fotos jetzt?«, fragte Bea noch einmal.

»Das – ist – doch …« Ungläubig starrte er auf das Profilbild, lenkte den Wagen in eine Parkbucht und ließ Bea selber schauen.

»Gretjes Friseurin!«, vollendete sie. »Die mit dem Dackel. Anka!«

Sie waren sich einig darüber, dass dieses Mädchen nicht nur das uneheliche Kind des Opfers war, sondern auch äußerst verdächtig. Ein ungutes Gefühl sagte Bea, sie würden B.B. in der Pension nicht mehr antreffen. Wenn ihre Vermutung zutraf, war die junge Frau mit großer Wahrscheinlichkeit längst auf der Flucht. Die Polizistin besah sich noch einmal das Foto von Anna. Die Person, die unfreiwillig ins Bild gerückt war, konnte von der Statur her durchaus Bianca Berger sein.

»Wenn man wenigstens die Haare sehen würde«, seufzte Bea. Jan Berg holte sie auf den Boden der Tatsachen zurück. Es war nur ein Verdacht, mehr nicht.

»Das kann ich mir nicht vorstellen, ehrlich gesagt. Jemand, der so tierlieb ist, der bringt doch nicht den eigenen Vater um.« Jan Berg wusste aber auch, und das bestätigte sich leider immer wieder, dass man den Menschen nur vor den Kopf guckt. Was sich aber hinter der Fassade verbirgt, das weiß keiner. »Verdammt! Wir müssen Anka finden! So schnell wie möglich«, sagte er. »Und ganz wichtig, wir müssen Gretje warnen.«

Hatte die eigensinnige Freundin seiner Mutter, die ihn von Kindesbeinen an kannte, nicht davon gesprochen, dass sie sich noch einmal mit Anka treffen wollte? Heute? Wenn das aber nur ein Vorwand war, und Anka, das durchtriebene Luder, würde Gretje bei dem Treffen nicht den Kopf waschen, sondern ihr den Kopf einschlagen? Er musste dringend seine Gedanken ordnen und rief sich den gestrigen Abend in Erinnerung. Die Punkerin und die alte Ostfriesin machten einen vertrauten Eindruck. Sie verschwiegen etwas, davon war er überzeugt.

Erneut klingelte sein Handy. Diesmal war es aber nicht seine Kollegin auf der Polizeiwache, sondern Gretje Blom. Wenn man vom Teufel spricht, dachte er und ging ran. »Jan, mien Jung, nun hör mir mal gut zu«, fing sie an. »Da gibt's was, das muss ich dir unbedingt erzählen. Wegen Anka. Ich hab ihr zwar geschworen, nichts zu verraten, aber ich erreiche dat Wicht nicht unter der Nummer, die sie mir gegeben hat.« Gretje erging sich in Andeutungen, am Telefon wollte sie nicht sagen, was sie unbedingt loswerden wollte. »Kannst du nicht gleich mal eben vorbeikommen? Das wär mir lieber.«

»Wir sind grad auf dem Weg zu ihrer Pension, wollen der jungen Dame einen Besuch abstatten«, verriet er mit schadenfroher Genugtuung. »Vielleicht hast du dich ja auch nur verwählt. Sag mir mal die Nummer, wir checken das.«

»Ohne Nachnamen?«, fragte sie.

»Den haben wir längst. Und wir wissen auch, dass sie die Tochter von unserem Toten ist.« Jan Berg ignorierte Beas Grimassen und ihr angenervtes Augenrollen. Gretje strapazierte zwar oft seine Geduld, aber in diesem Fall sollten sie vielleicht gemeinsam versuchen, den Mörder zu finden.

Gretje atmete schwer am anderen Ende der Leitung, als sie ihm zu seinem Erfolg gratulierte. »Bringt dat Wicht mit, wenn ihr sie habt. Und wenn nicht, dann müsst ihr trotzdem vorbeikommen. Dat Wicht hat mir nämlich 'ne ganze Menge erzählt, was für euch von Bedeutung sein könnte. Und wer die Geliebte ist, dat kann ich euch auch flüstern.«

So verblieben sie. Bea wählte die Nummer, die Gretje durchgegeben hatte. Ohne Erfolg.

»Ich wette mit dir, dass die längst runter ist von der Insel«, sagte Bea.

»Um was?«

Kapitel 15

Die Verbindung zwischen Piet und Gretje riss nicht ab, auch wenn er seit vormittags nicht mehr ihr persönlicher Bodyguard war. Sie selbst hatte ihn auf den Campingplatz verbannt, im Auftrag der SOKO ANKERMORD.

Der hagere Ostfriese, mit dem Zelten zwar vertraut, aber, seit er die sechzig überschritten hatte, absolut kein Fan mehr von Luftmatratze und Schlafsack, baute missmutig sein Zweimannzelt auf. Die trügerische Idylle mit dem stetigen Meeresrauschen änderte auch nichts daran, dass er sich in die Einsamkeit verbannt fühlte und der Natur mit ihren Wetterkapriolen gnadenlos ausgeliefert war.

Wäre da nicht das ältere Pärchen gewesen, das schadenfroh seinen Bemühungen zusah, die Heringe in den Boden zu rammen, hätte er augenblicklich in den Sack gehauen. Aber so machte Piet trotzig weiter. Die Camperin hatte ein gemeines Grinsen im Gesicht. Ihrem Mann gefiel es aber wohl auch, in Piet einen Leidensgenossen gefunden zu haben.

»Schietwetter heute«, begann sie nach einer Weile des Zuschauens eine harmlose Unterhaltung. »Aber was ein echter Campingfreund ist, dem macht da ja nichts aus.«

»Jau«, antwortete der tropfnasse Neuankömmling. »Schlechtes Wetter gibt dat nicht, nur falsche Kleidung«, grummelte er, bestrebt, die Zeltplane bei dem tosenden Wind in der vorgesehenen Position auszurichten. Er schaffte es erst, als sein Zeltnachbar Jürgen mit anpackte. Seine Frau, Petra, hatte sich genug amüsiert und bot ihm jetzt einen Kaffee an. Auf gute Nachbarschaft.

»Tee trinken wir nicht«, entschuldigte sie das koffeinhaltige Getränk. Sie hatte schon herausgehört, dass Piet ein waschechter Ostfriese war, mit einem Anrecht auf einen anständigen Ostfriesentee.

»Schon gut. Hauptsache heiß und was für meine Lebensgeister. – Piet Hansen«, machte er sich bekannt. »Wenn ich das meinem Neffen nicht versprochen hätte, an diesem Wochenende mit ihm zu zelten, dann wäre ich garantiert nicht hier. Ich kann mir echt was Besseres vorstellen, bei dem Wetter.«

Petra hob eine Augenbraue und wollte Einzelheiten. »Ach? Was denn?«

»Ich könnte auch gemütlich zu Hause vorm Computer sitzen und spielen. Oder fernsehen, Krimi gucken. Aber wenn das stimmt, was man so hört, dann gibt's Krimi hier ja sogar live. Mein Neffe hat mir das zugetickert, der ist schon ganz heiß darauf.«

Petra schlug sich theatralisch die Hände vors Gesicht und lamentierte über die Verkommenheit der Menschen und die Verrohung der Welt. Noch nicht einmal auf einem idyllischen Eiland in der Nordsee gab es Frieden und Anstand. Jürgen drehte sich weg. Er stiefelte wortlos davon, in Richtung Strand. Piet meinte, zwischen den Regentropfen auch Tränen in seinem Gesicht gesehen zu haben. Tränen der Wut, der Verzweiflung? Er konnte es nicht sagen.

»Dein Mann ist ja ein echter Naturbursche. Ich verzieh mich jetzt auch mal lieber in mein Zelt, der Bengel hat geschrieben. Muss mal seh'n, was der wieder will.«

»Pah!«, japste Petra und machte einen Spruch, dass sie sich einen Naturburschen etwas anders vorstellte. »Mein Männe kann froh sein, dass er mich hat, der käme alleine überhaupt nicht zurecht.«

Piet wollte sich bei dem Thema nicht auf eine Diskussion einlassen, da konnte er nur verlieren. Wie sie schon allein das ›Pah!‹ ausgespuckt hatte. Da kam er doch lieber wieder auf Mord und Totschlag zurück, da brauchte er nur zuhören. Petra erzählte ihm nun die ganze Story, die ganze Wahrheit, wie sie das nannte, in einem ausufernden Bericht, der einem Reporter der Klatschpresse alle Ehre gemacht hätte.

Hektisch schaute sie auf die Uhr. Sie musste sich beeilen, wenn sie den Bus in die City noch schaffen wollte. Auf Piets Frage, wohin so eilig, tat sie sehr wichtig und erzählte, sie wolle ins Conversationshaus. Dort gab es freies Internet und sie musste in einer bestimmten Sache etwas nachforschen. Piet machte innerlich drei Kreuzzeichen. Wie gut, dass ich ihr nicht erzählt habe, dass ich mit meinem Tablet selbst von hier aus ins Internet komme, dachte er. Kaum war sie weg, schickte er Gretje beeindruckende Fotos aus seiner Höhle und berichtete vom Erstkontakt zu dem Paar, das er bespitzeln sollte.

»Das tue ich nicht noch einmal, damit du das man weißt«, machte er seinem Frust Luft.

»Das musst du auch nicht. Bis morgen Abend haben wir den Täter. Oder die Täterin«, behauptete sie. Sie erzählte, dass sie Anka nicht erreichen konnte.

Piet legte ihr eindringlich ans Herz, keine voreiligen, vor allem keine riskanten Alleingänge zu unternehmen. »Ich sag Onno Bescheid, der soll dir nicht von der Seite weichen«, drohte er.

***

Nach einem ausgiebigen Strandspaziergang kehrte Jürgen Scholz auf den Zeltplatz zurück. Seine Mimik entspannte sich, als er merkte, dass seine Frau ausgeflogen war. Piet bot ihm ein Stück von seinem Kuchen an, den Gretje ihm als kleinen Trost mitgegeben hatte. Ohne seinen Hausdrachen und endlich mal allein unter Männern, vertraute er Piet seine Betroffenheit über den Mordfall an.

Nach einem weiteren Stückchen Apfelkuchen gestand er, dass der Ermordete sein jüngerer Bruder war. Nach dem

Gefühlsausbruch tauchte er in seine Kindheit ab und holte längst vergessene Geschichten zutage. Er war der Erstgeborene, aber als sein kleiner Bruder das Licht der Welt erblickte, war es mit seiner Position als Kronprinz vorbei. Er lief nur noch am Rande mit, sein Vater bevorzugte, für jeden offensichtlich, seinen kleinen Bruder Ferdinand.

»Manchmal habe ich mich schon gefragt, ob ich überhaupt sein leiblicher Sohn bin«, beichtete er verschämt. Jürgen wollte seiner Mutter zwar nicht unterstellen, dass sie fremdgegangen war, aber mit Sicherheit ausschließen konnte er das auch nicht. Rein äußerlich hatte er nicht die geringste Ähnlichkeit mit seinem Vater. Er ging ganz nach der Mutter.

Von der Unterredung mit seinem Bruder vor ein paar Tagen erzählte er nach dem Genuss einer Flasche Bier schließlich auch. »Wir haben eine fette Steuernachzahlung zu zahlen und unser Konto ist leer. Das Sparbuch auch. Da haben wir gedacht, wozu einen Kredit aufnehmen? Mein Bruder weiß ja anscheinend nicht, wohin mit seinem Geld. Er muss noch seine Jungs unterstützen, hat er gesagt. So ein Schwachsinn. Für wie blöd hält der mich eigentlich?« Jürgen Scholz legte seine Stirn in Falten, eine nachdenkliche Pause folgte. »Ich habe ihn dann mal ganz vorsichtig, also wirklich ganz, ganz vorsichtig, daran erinnert, dass er mir seinerzeit sehr vertrauliche Dinge erzählt hat, von denen sonst keiner etwas weiß. Wenn das an die Öffentlichkeit käme, könnte er sein Leben auf der Insel vergessen.«

»Das ist ja Erpressung!« Dann holte Piet noch ein Bier. Was für Geheimnisse es in Ferdinands Leben gab, wollte er nun aber auch wissen.

»Na ja«, setzte Jürgen an, bereit, den Fehltritt des kleinen Bruders offenzulegen. Aber ausgerechnet jetzt platzte seine bessere Hälfte in Feierlaune dazwischen. Mit zwei Flaschen

Sekt und glänzenden Augen, trotz Schietwetters und Geldsorgen. Sie hüpfte förmlich auf die Männer zu und rief: »Ich habe für Ordnung gesorgt! Ich hab das geregelt. Lasst uns feiern!«

Verständnislos und beunruhigt sahen die gestandenen Mannsbilder zu Petra hinüber. Völlig aufgekratzt zauberte sie Sektkelche aus Plastik hervor und drückte Jürgen die Flasche in die Hand.

»Mach auf! Das kannst du ja wenigstens. Wenn du auch sonst nicht viel kannst.«

Vor lauter Fremdschämen wusste Piet nicht mehr, wo er hinschauen sollte. Petra bemerkte nichts davon. Irgendetwas hatte sie in Siegeslaune versetzt. Sie rückte aber nicht damit heraus. Stattdessen prophezeite sie, dass es ihnen in Kürze besser gehen würde.

Kapitel 16

In einer Nebenstraße, nahe der Pension Zugvogel, stellte Jan Berg seinen Dienstwagen ab. Die letzten Meter legten sie zu Fuß zurück. Sie hatten Glück, die Pensionswirtin war zu Hause. Als sie nach Bianca Berger fragten, zuckte die Wirtin die Schultern und meinte lapidar, dass die Gäste ihr keine Auskunft darüber schuldig wären, was sie tagsüber unternahmen. Frau Berger war ausgeflogen.

»Kann es sein, dass sie vorzeitig abgereist ist?«, trieb Bea das zähe Gespräch voran. Eine Inselflucht war für die Ermittlerin so sicher wie das Amen in der Kirche. Jan Berg feixte, als die Wirtin dies verneinte. Er hatte die Wette gewonnen.

»Die ist viel mit dem Hund unterwegs. So ein drolliges Kerlchen.«

Auf Bitten der Beamten schloss sie Biancas Zimmer auf. Sie überzeugten sich selbst davon, dass ihre Sachen noch da waren. Bea zeigte auf den Rucksack und die persönlichen Sachen, die in einer Ecke standen. Die resolute Wirtin verbot den Beamten jedoch, etwas anzufassen oder sich in dem winzigen Gästezimmer umzusehen.

»Haben Sie denn einen Durchsuchungsbefehl? Hat die Kleine was angestellt? Oder hat sie was verloren? Oder …?«, fragte die Wirtin. »Schließlich muss man ja wissen, mit wem man es zu tun hat und wem man Kost und Logis anbietet.«

»Sagen Sie Bianca Berger bitte, sie soll sich umgehend bei uns melden, wenn sie zurückkommt. Und …«, Jan Berg zögerte.

»Und was? Nun mal raus damit!«

»Falls Frau Berger kurzentschlossen abreisen will, rufen Sie uns sofort an.«

Die Pensionswirtin sah dem Beamten fest in die Augen, mit einem zackigen ›Wird gemacht‹ willigte sie ein und legte die Visitenkarte griffbereit neben das Telefon. So konnte nichts schiefgehen. Bea fragte nach der Telefonnummer von Bianca und erhielt ihre Festnetznummer. Die Handynummer hatte die Pensionswirtin nicht.

Sie ließen die Nummer von den Kollegen überprüfen. Der Festnetzanschluss war auf den Namen Sandra Berger angemeldet.

***

»Habe eben eine Nachricht von einem der Söhne erhalten«, sagte Jan.

»Und? Was schreibt er? Welcher von den dreien hat sich denn gemeldet?«

»Dr. Friedrich Scholz steht da als Absender. Er muss noch Termine verlegen, schreibt er. Er kann nicht sagen, ob er es heute noch schafft. Seine Brüder Fabian und Felix sind schon unterwegs. Die müssten gegen Abend eintreffen. Sie melden sich, sobald sie auf der Insel sind.«

»Geht doch. Los, dann auf zur Friesenrose. Bin gespannt, was Gretje mit ihrer SOKO herausgefunden hat. Danach verhören wir die Geliebte. Und wenn wir damit fertig sind, können wir den Söhnen unser Beileid aussprechen.« Bea schnaubte und schüttelte sich. Nicht etwa, weil sie nass geworden waren, nein, es ging ihr alles viel zu schleppend voran. Außerdem hasste sie es, Angehörigen schlechte Nachrichten zu überbringen.

Da, wo sie herkam, war sie ein anderes Tempo gewohnt, wenn es darum ging, einen Mord aufzuklären. Spaßeshalber wählte sie die Telefonnummer, die Biancas Pensionswirtin ihr gegeben hatte. Nach mehreren Freizeichen schnarrte ein Anrufbeantworter mit der Bitte los, nur gute Nachrichten an

›Sunny‹ zu hinterlassen. Das Mädchen hatte den AB immer noch nicht neu besprochen. Unfassbar. Bea spürte, wie sich eine Gänsehaut bei der Vorstellung über ihren Rücken zog, ihre Tochter könnte auch so handeln.

***

Der schwarze Stubentiger jagte Bea Bissick wieder einen gehörigen Schrecken ein, als sie die Friesenrose betrat. Instinktiv fasste sie sich an die Schulter, das Katzenvieh hatte zwei böse Kratzer hinterlassen. Das war halt Berufsrisiko. Es hätte weitaus schlimmer sein können.

»Gretje?«

»Gleich«, antwortete sie. »Gut, dass ihr da seid. Bei mir könnt ihr jede Menge Fingerabdrücke von Anka finden. Die müsst ihr doch bestimmt alle sichern?« Sie zwinkerte Jan zu, er verstand den Scherz. Bea fühlte sich von der alten Frau auf den Arm genommen und wurde schon wieder zickig.

»Schluss jetzt mit dem Getue!« Jan Berg haute auf den Tisch. So gern er auch mit Bea Bissick zusammenarbeitete und sosehr er sie schätzte, ebenso sehr nervten ihn ihre Ausrutscher anderen Frauen gegenüber.

Gretje erzählte nun, was Anka ihr anvertraut hatte. »Dat Wicht ist nur wegen ihrem Vater auf die Insel gekommen. Voller Wut, Hass und Verachtung. Die hat ihn nur als ihren Erzeuger bezeichnet, und sein brutaler Tod hat sie überhaupt nicht berührt. Im Gegenteil. Sie meinte sogar, er hätte es verdient.« Gretje musste schlucken, als sie von den Depressionen der Mutter und deren Selbstmord erzählte.

»Wenn das kein Motiv ist«, freute sich Jan Berg.

»Jetzt müssen wir sie nur noch nach ihrem Alibi fragen«, sagte Bea. »Gretje, sei vorsichtig! Du weißt zu viel. Du bist in Gefahr. Sicherheitshalber solltest du zu Hause bleiben.«

»Stubenarrest? Nicht mit mir!« Gretje schüttelte heftig den Kopf.

Onno hatte zwar nicht viel von Anka mitbekommen, aber wie sie sich um ihren Dackel kümmerte, das ließ auch ihn an dem Mordverdacht zweifeln. »Ich glaube das nicht, auch wenn da was dran ist, was ihr sagt. Das Mädchen ist verzweifelt, ja. Aber vorsätzlicher Mord? Mit einem Küchenmesser? Und dann noch mit diesem Spruch und dem Sticker drauf?«

»Wo steckt Piet eigentlich?«, fragte Jan Berg. Es war ihm erst jetzt aufgefallen, dass der Ostfriese nicht um Gretje herumscharwenzelte.

»Der erholt sich von uns. Auf dem Campingplatz«, scherzte Gretje. »Nee. Spaß beiseite, der beschattet den Bruder von Dr. Scholz und seine Frau.« Jetzt, wo sie es sagte, warf sie einen Blick auf die eingegangen *WartsAb* von ihm. Piet hatte ihr alles mit dem Internet beigebracht. Das Guckeln, wenn man nach etwas suchte, und auch WartsAb für die schnellen Nachrichten. Den Inhalt behielt sie erstmal für sich. Sie berichtete von dem Handlettering-Kurs und ihrer Bekanntschaft mit der kurerfahrenen Biggi.

»Und die hat dir die Gerüchte über seine Affäre erzählt? Weibertratsch!«, kommentierte Jan Berg abfällig.

Aber an jedem Gerücht war ja auch ein Fünkchen Wahrheit. Die extreme Reaktion von Kerstin Starke sprach dafür, dass Dr. Ferdinand Scholz ihr über das Kollegiale hinaus etwas bedeutet hatte.

»Deshalb bin ich doch später noch mal in die Klinik. Dat musste ich doch genau wissen und hab mich mal nett mit jemandem unterhalten, der da arbeitet. Ich hab mit Timo gesprochen, der hat mir das mit Kerstin bestätigt. Der sieht und hört viel in seinem Job. Biggi wusste auch, dass Kerstin Starke verheiratet ist. Ihr Mann arbeitet auf dem Festland, in Emden. Die beiden sehen sich nur an den Wochenenden.

Aber nicht an jedem. Und beim Handlettering war die auch dabei. Die ist da die Klassenbeste.«

»Gut gemacht, altes Haus.« Jan Berg klopfte ihr auf die Schulter.

»Deshalb warst du so lange für kleine Mädchen?«, fragte Onno. Allmählich dämmerte ihm, warum sie ihren Leibwächter mit Sudoku und Kuchen in der Cafeteria geparkt hatte.

Gretje grinste. Dann ging sie in ihr Zimmer und kam mit mehreren Bögen Papier wieder. »Hier! Meine Übungsbögen!«

»Heiliger Klabautermann! Wie bist du denn daran gekommen?«, staunte Jan Berg. Auf einem der Arbeitsblätter stand: ›Alles endet!‹

»Habt ihr den Schnipsel schon ins Labor gegeben und untersuchen lassen?«, wollte Gretje wissen.

»Untersuchen? Worauf denn?«, fragte der Hauptkommissar.

»Du kannst aber auch fragen, mien Jung«, sagte sie kopfschüttelnd. »Ob das ein Original ist oder eine Kopie! Tusche oder Filzstift! Hier, schenke ich dir, dann könnt ihr das mal vergleichen. Totenkopfsticker hat die Kursleiterin mir auch gegeben. Die hat komisch reagiert, als ich danach gefragt habe.«

»Gretje Blom, du bist genial.«

Das dicke Lob der Polizei tat mal so richtig gut. »Und ihr so?«, fragte sie. »Sollten wir uns nicht gemeinsam daranmachen, den Mörder zu finden? Meine Methoden sind auch nicht schlecht, oder? Und noch etwas …« Sie sah Jan Berg und seine Kollegin an. »Was wissen wir eigentlich über Ferdinand Scholz? Der kann ja nicht nur Freunde gehabt haben. Habt ihr schon was rausgekriegt, ob er noch mit jemandem eine Rechnung offen hatte? In eurem Polizeicomputer, habt ihr da schon mal nachgesehen, ob der mal ein Strafverfahren oder so am Hals hatte? Medizinische Behandlungsfehler mit Todesfolge?«

»Jetzt übertreibst du aber ein bisschen«, sagte Bea.

»Nee! Ihr eiert doch nur rum. Ich hab mit Piet gewettet, dass wir den Killer morgen stellen. Spätestens Sonntag. Der arme Piet muss bei dem Schietwetter sonst noch eine Nacht auf dem Zeltplatz verbringen. Dat verkraftet der nicht, so jung ist der nicht mehr.«

Onno hörte Gretje mit offenem Mund zu.

»Wenn ich Hauptkommissarin wäre«, fing Gretje an, »dann hätte ich längst in Erfahrung gebracht, ob etwas gegen den Ermordeten vorliegt oder vorgelegen hat. Auch wenn es auf den ersten Blick so aussieht, aber der war nicht Everybody's Darling! Das sollten wir nicht vergessen.«

»Donnerwetter!« Onno stellte den Sanddornlikör auf den Tisch.

Aber davon wollte sie jetzt nichts wissen. »Alkoholverbot! Das gilt auch für dich, Onno. So lange, bis wir den Mörder haben.«

Bea Bissick musste ihr widerstrebend recht geben, sie leitete die erforderlichen Schritte in die Wege. »Wir kommen vorbei, Swantje. Sieh zu, dass du bis dahin etwas vorweisen kannst.«

Jan nahm ihr das Telefon aus der Hand und gab Swantje noch die Anweisung, am Fähranleger alle Stellen zu informieren, dass eine Bianca Berger die Insel auf keinen Fall verlassen durfte. Er beschrieb sie als eine junge Frau mit blaugrünen Haaren und asymmetrischem Haarschnitt, Typ Punkerin, mit einem Rauhaardackel namens Gonzo.

»Gut gemacht, mien Jung«, lobte Gretje. »Habt ihr sie eigentlich auf dem Handy erreicht? Auf der Nummer, die ich euch gegeben hab?« Gretje holte ihren Zettel mit Ankas Handynummer. Bea verglich die Nummer mit der, die Gretje gewählt hatte, und schimpfte über Ankas Sauklaue.

Es war nicht verwunderlich, dass Gretje die Zahlen nicht richtig entziffert hatte.

Gretje versuchte es noch einmal, diesmal mit den richtigen Zahlen. Der Ruf ging raus und Anka meldete sich. »Wo steckst du denn, mien Wicht? Komm doch vorbei.«

Gespannt erwarteten die anderen Ankas Antwort, aber Gretje ging in ihr Zimmer und schloss die Tür hinter sich.

»Anka ist in ihrer Pension. Die Wirtin ist so komisch, hat sie gesagt. Sie hat auch erzählt, dass die Polizei hinter ihr her ist, und wollte wissen, ob meine Bullenfreunde auch in der Friesenrose sind und ich sie in eine Falle locken will.«

»Was hast du geantwortet?«

»Ich treffe mich gleich mit Anka. Aber ich sag euch nicht, wo.«

»Gretje!!!« Bea schnappte nach Luft.

»Nix da. Du stehst ab sofort unter Polizeischutz!«, sagte Jan Berg.

»Dat werden wir ja sehen. Müsst ihr nicht auf die Wache? Swantje fragen, ob sie was gefunden hat? Und Ferdinands Geliebte wolltet ihr doch auch noch verhören«, sagte Gretje spitz.

Wieder klingelte Jan Bergs Telefon. »Wer ist da? – Was sagen Sie? – Ihnen ist noch etwas eingefallen? – Sie sind in der City? – Ja, in zehn Minuten.« Bea tuschelte mit ihrem Kollegen. Der Anruf kam von Petra Scholz.

»Wir müssen los«, verabschiedeten sich die Ermittler. Das war gut, denn so konnte Gretje sich mit Bianca treffen, ohne dass die Polizei ihr auf den Fersen war.

Onno sollte ruhig mitkommen, denn den konnte das Mädchen gut leiden. Gretje glaubte an Ankas Unschuld, auch wenn sie die ganze Wahrheit noch nicht kannte. Aber die würde sie herausfinden. Sie musste wissen, was zwischen Vater und Tochter vorgefallen war, als sie sich kennengelernt hatten. Von der Polizei ließ Gretje sich nicht davon abhalten.

»Wehe, wenn ihr mich beschattet. Lasst mich in Ruhe. Ich nehme meine Walkingstöcke mit, mit den Dingern kann ich notfalls um mich hauen. Dat Wicht ist keine Mörderin, dat ist ein bedauernswertes Waisenkind, das verzweifelt ist und jemanden braucht, mit dem sie reden kann«, verteidigte Gretje ihr Vorhaben.

»Und das bist ausgerechnet du?« Der Starrsinn der alten Frau brachte Bea auf die Palme. »Mach keinen Scheiß, Gretje, und lass dein Handy auf Empfang.«

Kapitel 17

Kann man diese Frau nicht einfach abschalten?, fragte Piet sich genervt. Stecker ziehen, schon wäre es ruhig. Die Streitigkeiten aus dem Nachbarzelt, vor denen er die Ohren nicht verschließen konnte, gingen ihm auf die Nerven. Er ärgerte sich auch über sich selbst, weil er wieder einmal nicht Nein hatte sagen können und sich auf etwas eingelassen hatte, was er nicht wollte. Jetzt hatte er den Salat. In seinem Zelt konnte er nicht einmal seine langen Beine ausstrecken. Der Regen klatschte monoton auf die Planen, es war nur noch eine Frage der Zeit, bis die Feuchtigkeit sich auch innen ausbreitete.

Petras Gezeter nahm kein Ende. Ihre Hochstimmung kippte in dem Moment, als ihr Mann aufmuckte und sagte, sie solle endlich die Klappe halten. Piet fühlte sich mitschuldig an der Eskalation, denn er hatte Jürgen zu zwei Flaschen Bier überredet, bevor Petra mit dem Sekt ankam. Jürgen Scholz tat endlich das, was seine Frau sonst von ihm verlangte. Er machte den Mund auf. Aber das war auch nicht recht. Dass Jürgen dann auch noch seinen Bruder in Schutz nahm und nichts auf ihn kommen ließ, brachte das Fass zum Überlaufen. Im Schutz ihres Zeltes stritten sie lautstark weiter, jeder konnte es mithören.

Trotz Wind und Regen drang Petras Stimme bis zu Piet durch. Super Tonqualität, dachte er später beim Abspielen der Sprachaufnahme auf dem Handy. Er schickte sie an Gretje weiter. »Damit ist mein Job auf dem Zeltplatz doch eigentlich erledigt. Ich will zurück in die Friesenrose!«, schrieb er dazu. Gretje antwortete nicht. Piet versuchte es bei Onno, hatte aber auch da kein Glück.

Mit einem Mal wurde es still. Dann hörte er, wie Petra sagte, dass sie noch einmal loswollte. Zu einer Verabredung im Ort. Mehr nicht, keine Einzelheiten.

Der letzte Bus war längst weg. Radfahren schloss Piet aus. Wie also sollte Petra Scholz in die Stadt kommen? Doch nicht etwa mit einem Taxi? Er hörte, wie sie sich auf den Weg machte.

Kurzentschlossen stieg Piet in seine Gummistiefel, schmiss den Ostfriesennerz über und folgte ihr so unauffällig wie möglich. Vor dem Eingang zum Campingplatz parkte ein dunkler BMW, elegant ließ Petra sich hineingleiten. Ferdinands Schwägerin führte etwas im Schilde, dessen war er sich sicher.

Zurück im Zelt setzte er seine Kopfhörer auf und hörte sich die Aufnahme noch einmal an. Es war interessant, was Petra alles wusste. Ferdinands Söhne hatten demnach keinen blassen Schimmer von der Existenz ihrer Halbschwester. Friedrich, Felix und Fabian hießen die Jungs. Das uneheliche Kind war wohl das dunkle Geheimnis der Familie Scholz. Nur Petra und Jürgen wussten von der Existenz des Kindes. Das geheime Wissen wollte Petra nun gewinnbringend nutzen. Wie würde das aussehen, wenn alle Welt erfuhr, dass Ferdinand Scholz ein Ehebrecher und aus der Liaison mit einer Krankenschwester ein Kind hervorgegangen war?

›So etwas kommt doch in den besten Familien vor, das interessiert doch heutzutage niemanden mehr‹, hörte er Jürgens Einwand. Dann schnarrte es in der Aufnahme und Piet verstand kaum noch etwas. Aber es musste noch ein anderes Geheimnis geben, von dem Petra wusste. Sie keifte: ›Dein Bruder ist ein Säufer gewesen! Ein krimineller Alkoholiker!‹

Jürgen Scholz verteidigte Ferdinand. Sein Bruder hatte noch rechtzeitig die Kurve gekriegt und war schon seit mehreren Jahren trocken gewesen. Von einem Tag auf den anderen hatte er es geschafft aufzuhören und war seitdem ein anderer Mensch geworden. ›Er – ist – mein – Bruder! Kannst du ihn nicht wenigstens in Frieden ruhen lassen? Jetzt, wo er tot ist! Ferdi konnte schließlich auch nichts dafür, dass unser Vater ihn bevorzugt hat. Er ist und bleibt mein Bruder, mein kleiner Bruder. In unseren Adern fließt das gleiche Blut!‹

»Mannomann!« Piet genehmigte sich ein letztes Bier. Einen Schlummertrunk, den er brauchte, um die Nacht zu überstehen und einigermaßen schlafen zu können. Petra wütete immer noch in seinen Kopfhörern. Sie behauptete, Jürgen wäre nicht der leibliche Sohn seines Vaters. ›Das sieht man doch auf den ersten Blick. Alle in der Familie Scholz, dein Bruder, seine Söhne und auch das uneheliche Balg haben diesen Makel an der Oberlippe, diese hässliche Warze.‹

Piet regulierte die Lautstärke, als ein Korken knallte. Wahrscheinlich musste jetzt die zweite Flasche Sekt dran glauben. Abgründe taten sich auf und Piet sehnte sich nach Gretjes Gesellschaft. Er musste unbedingt mit ihr reden. In seinem Posteingang fand er aber immer noch keine Nachricht von ihr. Hoffentlich hat sie sich nicht in eine gefährliche Situation gebracht, dachte er.

Kapitel 18

Gonzo bellte von Weitem, als er Onno und Gretje witterte, und kam sofort angedackelt. Seine Leine hing lose am Halsband, von seinem Frauchen keine Spur.

»Wo ist denn dein Frauchen?«, fragte der stattliche Insulaner, hockte sich vor den lebhaften Dackel, kraulte ihn hinter den Ohren und unterhielt sich leise mit ihm. »Gonzo! Bring uns zu deinem Frauchen«, befahl er dann in sanftem Ton. Der kleine Hund verstand ihn. Ungestüm sprintete Gonzo über den Spielplatz am Weststrand. Es war nichts los, bei dem Schietwetter gingen die Kids wahrscheinlich lieber ins Schwimmbad, weit und breit waren keine Kinder zu sehen. Angelehnt an das Klettergerüst erblickten sie die gesuchte Frau mit der auffälligen Haarfarbe. Sie hockte im feuchten Sand, neben ihrem Reiserucksack.

»Onno«, flüsterte Gretje ihrem Freund zu, »ich hab gar kein gutes Gefühl.«

Durch ein Wolkenloch fiel ein Sonnenstrahl wie ein Scheinwerferlicht auf das Mädchen. Es rührte sich nicht, die Beine hatte es eng an den Körper gezogen, der Kopf ruhte auf den Knien.

»Anka? Ich bin's, Gretje.«

Sie bewegte sich, hob grüßend die Hand.

»Was ist passiert?«, fragte Gretje, als sie bei ihr war. »Lass mal sehen.«

»Bin blöd gefallen«, nuschelte Anka, soweit das mit einer aufgeplatzten Lippe möglich war.

»Junge, Junge, Junge! Hast du 'ne Bauchlandung gemacht?« Das Mädchen versuchte ein missglücktes Lächeln. »Man gut, dat ich 'nen starken Kerl dabei hab. Onno, wir bringen sie zur Friesenrose und verarzten dat Wicht erstmal.«

»Die gehört ins Krankenhaus, in die Unfallaufnahme!«

Gretje besah sich die Kleine genau, fragte, was wehtat, ob sie aufstehen könnte, und begutachtete die Prellungen rund ums Auge. Bevor sie die Nummer des Notrufs eintippte, machte sie ein Foto von der Verletzten.

»Nein! Nicht anrufen«, stöhnte Anka mit schmerzhaft verzerrtem Gesicht. »Helft mir. Bitte. Bin aus meiner Pension rausgeflogen.« Kaum hörbar wiederholte sie die Worte ihrer Wirtin. Für Mörder und steckbrieflich gesuchte Kriminelle gab es in ihrer Pension keinen Platz. Selbstverständlich hatte sie auch die Polizei informiert, als Anka vom Hundespaziergang zurückkam.

So gern Gretje auch helfen wollte, weigerte sich dennoch etwas in ihr. Das Mädchen wurde gesucht. War sie da nicht verpflichtet, die Kripo zu verständigen und ihnen mitzuteilen, dass sie Anka verletzt am Strand aufgefunden hatten, mitsamt Gepäck? Das sah zweifellos nach Flucht aus. Als Erstes brauchte Anka aber einen Arzt.

Der Sonnenstrahl verschwand wieder hinter der dunklen Wolkenwand, ein Platzregen ging nieder und durchnässte die drei innerhalb weniger Minuten. Sie mussten schnellstens ins Trockene. Gretje dachte an Franky, ein Arzt aus ihrem Freundeskreis, der die Wochenenden auf der Insel verbrachte, falls er nicht gerade Notdienst hatte. Schon nach dem ersten Klingelzeichen nahm er ab. Sie hatten Glück, er war tatsächlich auf Norderney, mit Auto.

»Franky, du musst sofort zum Spielplatz am Weststrand kommen. Hier liegt eine verletzte junge Frau, die nicht in die Notfallaufnahme will. Sie ist vom Klettergerüst gefallen und ist nicht krankenversichert. Onno und ich sind bei ihr«, schilderte sie und atmete auf, als er seine Hilfe zusagte.

Anka zitterte am ganzen Körper, Gonzo schmiegte sich an sein Frauchen und wärmte sie.

»Ob sie laufen kann? Warte, ich frag mal«, sagte Gretje. Anka nickte, es würde gehen.

Wenig später traf Franky auf der Strandpromenade ein und verarztete sie.

»Und nun? Wohin mit ihr?«, fragte er. »In die Friesenrose?«

Anka war einverstanden. Onno ebenfalls, aber Gretje war dagegen. »Nee. Dat geht nicht«, sagte sie. Sie schickte ein Stoßgebet zum Himmel und hoffte auf Frankys Verschwiegenheit, sie musste ihm sagen, was mit dem Mädchen los war. Ihre Menschenkenntnis hatte sie nicht im Stich gelassen, auf Franky war Verlass.

»Zu dir, Franky«, sagte Gretje Blom. Anka protestierte nicht, es ging ihr echt dreckig.

»Nicht dein Ernst!«

»Stell dich nicht so an.« Gretje erklärte ihm die näheren Umstände, die ihnen keine andere Wahl ließen. »In der Friesenrose wohnt eine Kommissarin, in der fünf. Die Bissick. Du kennst sie ja. Alles klar?«

Onno nahm das Mädchen auf den Arm und trug es behutsam zum Auto.

»Na, denn mal los.«

Bei der Schilderung, wie es zu dem Unfall gekommen war, verhedderte Anka sich immer mehr. Sie widersprach sich, wenn sie nach Einzelheiten gefragt wurde. Sehr glaubwürdig klang das alles nicht. Das Mädchen verschweigt uns etwas, dachte Gretje. Als sie ihr beim Ausziehen der Klamotten half, zeigte sich, was es war. Aus Ankas Jackentasche rutschte ein Zettel, auf dem stand: ›Verschwinde! Keine Polizei! – Oder: Alles endet!‹

»Was hat das zu bedeuten, Anka? Wen willst du damit einschüchtern? Wer soll verschwinden? Auf wen hast du es abgesehen?«

»Ich …«, stotterte sie, »ich weiß auch nicht, wie der Zettel in meine Tasche kommt.«

»Und das sollen wir dir glauben?« Gretje Blom verglich den Schriftzug darauf mit ihrem Tatortfoto. Es war nicht dieselbe Schrift, das war mit Kugelschreiber hingeschmiert. Der Verfasser hatte sich zwar Mühe gegeben, aber es war ein misslungener Versuch, den man leicht erkennen konnte. Hier hatte jemand sofort ein Kreuz gemalt statt eines *t*. Es war auch kein Sticker drauf.

Onno konnte das nur bestätigen. Er gab Anka ein Blatt Papier und einen Kugelschreiber und dann sahen drei Augenpaare zu, wie sie es schrieb. Ihre Schrift war völlig anders, krakelig, wie bei einem Grundschüler. So sehr konnte man sich nicht verstellen, die Schrift des Täters war nicht Ankas Handschrift.

Kapitel 19

Als Nächstes wollten Jan Berg und Bea Bissick die Frau befragen, der man eine Affäre mit dem Opfer nachsagte. Nachdem sie Bianca Berger in ihrer Unterkunft schon nicht angetroffen hatten, hofften sie, dass Kerstin Starke wenigstens zu Hause war. Ihr Mann öffnete, der Besuch der Polizeibeamten überraschte ihn offensichtlich nicht sonderlich.

»Hauptkommissarin Bea Bissick«, stellte sie sich vor.

»Sie wollen sicher mit meiner Frau sprechen. Kommen Sie doch herein.«

Kerstin Starke hatte ihr Make-up aufgefrischt, ihre Augen sahen aber immer noch verweint aus. Mit zittrigen Händen bot sie Tee und Gebäck an.

»Frau Starke«, begann Jan Berg, »wir wissen, dass Sie ein sehr gutes Verhältnis zu Dr. Scholz hatten und …«

»Ein sehr gutes Verhältnis. Das kann man wohl sagen«, fiel der Ehemann ihm ins Wort. »Ein Verhältnis hatte sie mit ihm!«

»Sie wissen von der Affäre Ihrer Frau?«, fragte Bea. Die Art, wie er das sagte, ließ sie stutzig werden. Der Mann war zu cool, zu gelassen, zu gleichgültig.

»Ich weiß es schon lange, habe aber nichts gesagt. Das fing mit den beiden schon an, als er noch nicht auf der Insel lebte, sondern nur an den Wochenenden rüberkam.«

»Du hast das die ganze Zeit gewusst?« Kerstin musste sich setzen.

»Ich habe immer so getan, als ob ich keine Ahnung hätte, und geglaubt, das geht wieder vorbei. Aber so blöd bin ich nicht. Auch wenn ich nur ein einfacher Kerl bin, der Schuhe besohlt. Immer deine Ausreden mit dem Wochenenddienst und den Sonderschichten! Das hatte ich bald durchschaut. Und …«

Jan Berg unterbrach ihn. »Sie hatten also ein intimes Verhältnis mit dem Verstorbenen. Ist Ihnen in letzter Zeit eine Veränderung an Herrn Scholz aufgefallen? War er anders als sonst? Hatte er Stress, Ärger, oder hat er mal erwähnt, dass er bedroht wird?«

Kerstin Starke schüttelte den Kopf. »Nein, er war immer gut drauf. Das hätte ich gemerkt, wenn da was gewesen wäre.«

»Und Sie, Herr Starke«, sagte Bea. »Sie müssen doch ganz schön wütend auf den Lover Ihrer Frau gewesen sein«, provozierte sie ihn. »Wie war das denn für Sie, wenn Sie bei jeder Ausrede Ihrer Frau daran denken mussten, dass sie mit einem anderen im Bett liegt, anstatt mit Ihnen den Sonnenuntergang zu genießen? Kam da keine Eifersucht bei Ihnen auf?« Ihre Fragen lockten ihn allmählich aus der Reserve. Er ballte die Hände zu Fäusten, seine Augen verengten sich, hörbar atmete er ein und aus. »Es wäre doch ganz normal, wenn man denkt: Diesen Kerl bringe ich um.« Bea hatte es geschafft. Der betrogene Ehemann schnaubte, er konnte sich nicht länger beherrschen.

»Klar habe ich das gedacht, immer wieder. Aber … Sie glauben doch nicht, dass ich es getan habe? – Ich hätte ihm den Schädel mit meinem Schusterhammer eingeschlagen, aber doch nicht mit einem Küchenmesser!«

Kerstin bibberte. Ihre Schminke löste sich auf. Die Wimperntusche verschmierte und hinterließ schwarze Schlieren in ihrem Gesicht.

»Wo waren Sie gestern Morgen zwischen fünf und acht Uhr?«, fragte Bea.

»Wo ich war? Zu Hause. In Emden. In unserer Wohnung. Ich hatte frei und wollte nachmittags rüberfahren, das lange Wochenende mit Kerstin zusammen sein. Sie musste aber noch arbeiten. Als ich im Radio von dem Mord gehört habe, bin ich schon früher los.«

Kerstin nickte. »Dann erzähl den Beamten auch ruhig, was du für einen Scheiß gebaut hast«, giftete sie ihren Mann an.

»Dann waren Sie in Emden allein zu Hause?«

»Herrgott noch mal, ja«, brauste er jetzt auf. »Mein Nachbar hat mich gesehen, als ich gegen halb sieben mit dem Hund draußen war. Jost Ukema heißt er.«

»Das werden wir überprüfen. Und was ist das für'n Scheiß, den Sie uns noch erzählen wollen?«, nahm Jan Berg das Stichwort seiner Frau auf.

Herr Starke schnaufte. Seine Faust verschwand in der Hosentasche. »Hier. Das da.« Er knallte das Vorhängeschloss auf den Tisch, das Gretje fotografiert hatte. »Himmel, Arsch und Zwirn! Ich war so sauer auf den Mistkerl und dann erfahre ich, dass er tot ist. Ermordet. Ich verabscheue Gewalt, das müssen Sie wissen, aber dann habe ich irgendwie gedacht: Geschieht dir recht. Ich war so froh, dass das jetzt ein Ende hat. Da bin ich noch mal in meinen Laden gegangen und habe auf die Schnelle ein Schloss graviert. Dumm gelaufen!, habe ich gedacht und dann bin ich zur Georgshöhe und habe das Schloss am Todesanker befestigt. Nun zufrieden?« Mit einem Tuch wischte er sich über die feuchte Stirn. »Und dann hab ich …«, er schluchzte. »Dann hab ich damit geprahlt. Ich wollte Kerstin wehtun, sie leiden sehen. Ich habe es ihr erzählt. – Tut mir leid, Kerstin. Das war nicht fair.«

»Wie konntest du nur?, hab ich ihn gefragt. Die werden dich suchen und als Mörder verdächtigen. Ich wusste ja, dass er es nicht gewesen sein konnte und auch niemals so etwas Abscheuliches tun würde. Wir hatten gestern Abend noch miteinander telefoniert. Auf dem Festnetz. Ich hab ihm gesagt, er soll das Ding schleunigst wieder abmachen. Den Schlüssel hatte er ja noch.«

Dieses Geständnis erklärte zwar das Vorhängeschloss, aber mehr auch nicht. Der Mörder lief immer noch frei herum.

»Das lässt sich ja feststellen, ob Sie gestern miteinander telefoniert haben«, sagte Bea. »Ich habe aber noch ein paar andere Fragen.«

Jan Berg sah sie fragend an, was wollte sie denn noch wissen? Doch das würde er erst später erfahren, da sein Handy klingelte.

Jan nahm das Gespräch an. »Anruf vom Chef«, sagte er wenig später. Er musste sofort aufs Revier.

Kapitel 20

Jan Berg schmunzelte in sich hinein und dachte: ›Wenn Bea wüsste …‹ Er hatte seiner Kollegin nicht gesagt, dass es nur ein Anruf von Gretje war. Sie hatte ihn heißgemacht und wollte unbedingt ein Gespräch unter vier Augen. Ohne Zeugen. Nicht in der Friesenrose. Sie bestand darauf, zu ihm aufs Polizeirevier zu kommen.

Der Treffpunkt war ihm recht, zumal Swantje einiges zusammengetragen hatte, das er sich ansehen musste.

Mit einem flauen Gefühl in der Magengegend fuhr Jan Berg an einem Imbiss vorbei, ohne anzuhalten. Bereits fünf Minuten später traf er auf der Polizeiwache ein. Swantje Robben brannte darauf, ihm zu zeigen, was sie gefunden hatte.

»Moin Jan. Sieh dir das mal an.« Sie klickte sich durch verschiedene Vorgänge auf ihrem Computer, fand aber schnell, wonach sie suchte. Es war die Akte eines Verkehrsunfalls, in den Dr. Scholz vor acht Jahren verwickelt gewesen war. »Es gab bei dem Unfall einen Toten und einen Schwerverletzten.«

»Interessant! War er schuld?«

»Warte«, sie überflog den Inhalt, »da fehlt was. Ich kann nichts finden.« Swantje rutschte zur Seite, damit ihr Kollege sich selbst überzeugen konnte.

»Trotzdem, gut gemacht. Willst du nicht langsam Feierabend machen?« Er sah auf die Uhr, es war halb sechs.

»Ja, ich schreib die Überstunde auf. Dann noch viel Erfolg. Vielleicht findest du ja noch mehr dazu.« Im Flur lief sie prompt Jans befreundeter Schnüfflerin in die Arme.

»Ist er da?« Gretje zeigte auf die Bürotür.

Swantje zuckte mit den Schultern. »Vielleicht«, erwiderte sie, drehte um und begleitete Gretje bis zu seinem Büro.

»Besuch für dich, Jan.«
»Ist schon okay, Swantje. Schönen Feierabend.«

Gretje drehte sich noch einmal zur Tür, bevor sie sich setzte. Die Luft war rein. Swantje war weg und sie mit dem Inselpolizisten allein. Aber Jan beachtete sie überhaupt nicht.

»Kleinen Moment, Gretje, bin gleich für dich da.« Er sah kurz auf, verkroch sich dann jedoch sofort wieder hinter dem Bildschirm.

»Ich will dich ja nicht stören, aber es ist wirklich sehr wichtig!«

»Hm. Gleich. Bin grad an einer heißen Spur.«

Gretje schwieg. Sie kramte in ihrem Rucksackbeutel, holte eine Packung Sandtaler heraus und knisterte mit der Verpackung. Ein leichter Duft von Vanille und Butter erfüllte den Raum. Auf dem Besuchertischchen waren die Kekse weit genug von seinem Schreibtisch weg.

»Was denn für eine Spur?«, fragte sie.

»Kann ich dir nicht sagen. Tut mir leid, Gretje. Ich rieche Kekse.«

»Verstehe. Kannst du mir gleich einen Kaffee machen? Bin völlig geschafft und brauche einen starken Koffeinkick.«

»Hm. Noch zwei Minuten.«

Er surfte blitzschnell weiter durchs Internet, die Maus in seiner Hand rotierte auf der Unterlage. Gretje ging zu ihm, legte ihm die Hand auf die Schulter und sah zu, was er machte. Gebeugt klebte er vor dem Monitor.

»Aha. Da haben wir's doch. Das habe ich gesucht«, murmelte er, als wäre er allein. Er schrieb etwas auf, der Drucker sprang an und spuckte einige Bögen Papier aus. »Jetzt mach ich uns einen Kaffee. Entschuldige, dass du warten musstest.« Der Polizist reckte und streckte sich, gähnte, linste zu den Sandtalern hinüber und sagte: »Ein

Päuschen habe ich mir jetzt verdient. Du bist ein Schatz, Gretje! Du glaubst gar nicht, wie mir der Magen knurrt.«

»Dat hab ich mir wohl gedacht, mien Jung. Denn mach mal 'nen anständigen Kaffee und dann sag ich dir, worum dat gehen tut.«

Jan Berg schnappte sich auf dem Weg in die Teeküche ein Plätzchen und schlurfte über den langen Flur davon. Gretje inspizierte das Material im Drucker, sicherheitshalber fotografierte sie den Inhalt ab. So schnell konnte sie nicht alles lesen und behalten. Sie wollte ja nichts durcheinanderbringen. Die Geräusche von klapperndem Geschirr wiegten sie in Sicherheit.

»Zucker und Sahne nicht vergessen«, rief sie ihm hinterher. Schnell steckte sie ihr Handy wieder ein, nahm am Besuchertisch Platz und setzte eine harmlose Miene auf.

Hungrig schob der Inselpolizist sich einen weiteren Keks in den Mund und fragte, was denn so wichtig sei.

»Sucht ihr noch nach dem Mädchen?«, begann Gretje.

Jan nickte mit vollem Mund.

»Ich kann dir sagen, wo sie sich aufhält.«

»Denn mal raus damit!«

»Dat verrate ich dir aber erst, wenn du mir beim Namen deiner Mutter schwörst, dass du ihr hilfst. Wir müssen sie in Sicherheit bringen.«

»Du meinst, in Sicherheitsverwahrung?«

»Nee. Die braucht ein Versteck, wo sie niemand findet. Sie wurde angegriffen.«

»Hä?« Er kaute etwas bedächtiger. »Verstehe ich nicht.«

»Pass mal auf. Also …« Gretje Blom erzählte kurz und knapp von dem Unfall, bei dem jemand nachgeholfen hatte. Von ihren Verletzungen, dem mysteriösen Zettel mit der Drohung und der Todesangst des Mädchens.

»Wir haben Anka zu Franky gebracht. Der hat sich um ihre Verletzungen gekümmert und ihre aufgeplatzte Lippe genäht. Mannomann, du glaubst gar nicht, wie dat bluten tut.« Gretje bot dem Polizisten einen weiteren Keks an, doch bei dem Wort Blut verging ihm der Appetit.

»Hör bloß auf damit. Das will ich gar nicht so genau wissen. Und nun? Was hast du dir überlegt? Du führst doch schon wieder etwas im Schilde.«

»Ich fasse das einmal zusammen: Bianca Berger steht unter Mordverdacht. Stimmt's?«

»Es spricht alles dafür.«

»Sie darf die Insel nicht verlassen, bis ihre Unschuld bewiesen ist. Richtig?«

»Hmm.« Jan Berg brauchte Nervennahrung, erneut griff er zu dem Gebäck.

»Ich behaupte, das Mädchen ist unschuldig und jemand will sie beseitigen.« Gretje zeigte ihm die Fotos, wie sie Anka am Strand gefunden hatten, und auch die Drohung.

»Sie hat mich angefleht, ihr zu helfen. Ob ich sie nicht von der Insel schmuggeln kann, hat sie mich gefragt, und ob ich nicht mal meine Beziehungen anzapfen könnte. Klar, das hätte ich machen können. Aber so kriminell bin ich auch wieder nicht, wie du das vielleicht glaubst.«

»Nun sag schon endlich!«

»Also. In deinem Kleingarten, da hast du doch so ein richtig schnuckeliges Häuschen. Da bringen wir sie hin. Da ist sie in Sicherheit und über die Hecken wird sie bestimmt nicht abhauen. Das Gartentor kannst du ja abschließen«, erklärte Gretje. »Und da du sowieso täglich in deine Scholle gehst und mit den Zwergen sprichst«, sie kicherte verhalten, »kannst du der Lüttjen auch jeden Tag was zu essen bringen.« In ihren Augen blitzte es triumphierend. »Nun gib's schon zu: Das ist eine geniale Idee!«

Zwei Kekse später ging der Inselpolizist auf ihren Vorschlag ein. Eigentlich konnte er das nicht gutheißen, aber dann brachte er doch ein zögerliches Ja hervor. »Und was sage ich Bea? Die kriegt das raus.«

»Lass dir was einfallen. Hol sie mit ins Boot.«

»Und was ist mit dem Hund?« Jan Berg realisierte die Tragweite ihrer Idee.

»Nichts. Der bleibt bei ihr. Wir können die beiden doch nicht trennen, Jan. Die hat doch sonst niemanden mehr. Das Gartenhaus lässt du einfach offen, dann kann der raus, wenn er sein Geschäft machen muss. Und Anka muss ja auch mal auf das Örtchen.«

»Igitt!«

»Stell dich nicht so an. Gibt guten Dünger.«

Er war da anderer Meinung, doch jetzt war der Zeitpunkt ungünstig, um darüber zu diskutieren. Ihn interessierte viel mehr, ob Anka Gretje von dem Treffen mit ihrem Vater erzählt hatte. »Hat sie mit dir darüber gesprochen, wie das Treffen mit ihrem Vater gelaufen ist?«

»Jau.« Gretje schob ihm schmunzelnd die letzten Krümel rüber. »Willste's wissen?«

»Nun lass mich nicht extra zappeln. Sonst überlege ich mir das noch mit dem Versteck.«

»Sie hat nicht viel erzählt. Es fiel ihr schwer, darüber zu reden. Sie war neugierig auf ihren Erzeuger, hat sie gesagt. Von ihrer Mutter wusste sie nicht viel über ihn. Die hatte nur selten von ihm gesprochen, und das noch nicht einmal schlecht. Mit ihrem Groll und ihrer Enttäuschung wollte sie Anka nicht belasten. Wie tief Ferdinand Scholz ihre Mutter verletzt hatte, hat Anka erst durch ihr Tagebuch erfahren. Aber da war es ja schon zu spät.« Gretje nahm sich noch einen Kaffee. »Als sie sich gegenüberstanden, hat er sie lange angesehen, ihre Warze berührt und gesagt: ›Du bist also wirklich meine Tochter.‹ Er hat sie nicht in den Arm genommen. Nichts. Anka hat ihm dann die Grüße ihrer Mutter ausgerichtet. Er wusste, dass sie verstorben war. Von

Betroffenheit keine Spur. Und dann hat er sie gefragt: ›Warum bist du hier? Was willst du von mir? Geld?‹ Anka ist dann weggelaufen, sie wollte nicht, dass er ihre Tränen sieht.« Gretje schwieg. Das Mädchen hatte auch geweint, als sie ihr davon erzählte. »Das war die traurige Bilanz eines ungewollten Kindes, was da aus ihr herausgebrochen ist. Es war ein Schrei nach Anerkennung, nach Liebe, die Sehnsucht nach Familie und Geborgenheit und auch der Wunsch, ihre Halbbrüder kennenzulernen.«

»Nicht schön«, sagte Jan. »Damit hat sie aber auch ein erstklassiges Mordmotiv. Es ist nicht verwunderlich, wenn sich jemand an ihr rächen will. Vielleicht sogar aus der Familie. Bea sieht das bestimmt genauso. Ich treffe sie gleich.«

»Sag ihr, was wir uns überlegt haben, und kommt dann zu Frankys Wohnung, damit wir dat Wicht bei dir verstecken können.«

»Ich hätte aber auch eine Zelle frei. Da wäre sie auch sicher.«

»Red keinen Quatsch, mien Jung!« Jan Berg zog einen Flunsch und versprach, Bea von der illegalen Aktion zu überzeugen.

Kapitel 21

Der Tag nach dem Mord endete in der Friesenrose mit einem Meeting der SOKO ANKERMORD. Sie waren vollzählig. Piet hatte seine Zelte auf dem Campingplatz auch ohne Gretjes Erlaubnis abgebrochen. Er wollte als Erster loswerden, was er erlebt hatte.

Bea Bissick aus Zimmer Nummer fünf war noch nicht wieder zurück. Gretje erzählte, dass Bea und Jan das Mädchen plus Dackel in die Kleingartensiedlung gebracht hatten und ihr noch auf den Zahn fühlen wollten. Darüber machte Gretje Blom sich Sorgen, weil Onno meinte, dass die Ermittler die Situation ausnutzen und ein Geständnis erzwingen könnten. Aber dann ergriff sie Partei für die Beamten. Schon einmal hatte sie miterlebt, wie einfühlsam Bea Bissick sein konnte, wenn es darauf ankam.

Am Ende ihrer Sitzung kamen sie zu der traurigen Erkenntnis, dass es ziemlich unwahrscheinlich war, den Täter am nächsten Tag zu überführen.

»Unser Inselpolizist und seine clevere Kollegin schaffen das aber auch nicht«, sagte Gretje und verzog sich mit Piet in ihr Zimmer.

»Was hat das denn zu bedeuten? Kuscheln?«, lästerte Leon.

Piet grinste. »Unsere lüttje Friesenrose hat mich wohl vermisst.«

»Red nicht so'n Stuss! Ich hab noch was für dich.«

Gretje Blom erzählte Piet von dem Verkehrsunfall, in den Ferdinand Scholz verwickelt war. Auch, dass Jan Berg da einen Zusammenhang mit dem Mord sah. Sie zeigte Piet die Fotos, die sie heimlich gemacht hatte, und wollte mit ihm darüber reden.

»Hab ich mir doch gedacht, dass du wieder krumme Dinger drehst«, gähnte er. Er sehnte sich nach seiner kleinen Dachkammer und nach einem richtigen Bett nach diesem ätzenden Tag auf dem Campingplatz.

»Piet! Du musst mir helfen. Ich habe hier die Namen der Unfallopfer. Geh doch mal ins Internet und guck, ob du dazu etwas findest. Zeitungsartikel oder so. Du bist doch mein Superprofi«, schmeichelte sie. »Der Beste, den ich kenne. Machst du das?«

Piet sah sich die Sachen an, die sie abfotografiert hatte.

»Ich hau mich erstmal aufs Ohr«, sagte er, räumte dann aber ein, dass er seinen Laptop mit ins Bett nehmen und mal ein paar Seiten anklicken würde. Piet wusste, wie er an Unterlagen kam, die unter Verschluss standen.

»Warte bis morgen früh. Dann habe ich was für dich. Nach dem Frühstück. Muss jetzt in die Koje.«

Gretje drückte ihm einen dicken Schmatzer auf. »Ich hab doch gewusst, dass ich mich auf dich verlassen kann. Wie früh denn? Will nämlich erst noch walken und ich muss auch noch einmal in die Klinik.«

»Warum das denn?«

»Och«, gähnte sie nun auch. »Ich habe mich mit Biggi verabredet. Auf ein Stück Kuchen. Und die Kursleiterin ist morgen auch im Haus, die will ich noch was fragen.«

Piet ahnte, dass Gretje wohl keine Fragen zum Lettering stellen würde.

***

In Jan Bergs Gartenhäuschen war es ziemlich kalt. Bea Bissick machte das nicht viel aus, ihm aber schon. Er fröstelte, eine Erkältung kündigte sich an.

»Ich fahre eben nach Hause und hole Decken«, sagte er.

Bea verzog das Gesicht und murmelte: »Weichei!« Als er aber mit dem Argument kam, die Hauptverdächtige könnte krank werden und sie wären dann dafür verantwortlich, war Bea von der Notwendigkeit überzeugt.

»Hast du einen Wasserkocher und Tee oder Kaffee hier?«, fragte sie. »Ist überhaupt genug Wasser da? Sonst bring das auch mit.«

»Wird erledigt. Kann ich euch zwei ein halbes Stündchen allein lassen?« Die Frauen nickten.

»Danke«, nuschelte Bianca Berger. Sie war viel zu erschöpft, um die Fragen der Polizistin vernünftig zu beantworten. Ein Alibi hatte sie nicht. Sie war zur Tatzeit nicht in der Pension gewesen, sondern schon mit Gonzo unterwegs. Aber dafür gab es keine Zeugen. Nur Gretje war ihr begegnet, aber das war später.

»Wenn ihr mich unbedingt einbuchten wollt, dann macht das doch. Ich hab sowieso niemanden mehr. Außer ihm hier.« Sie kraulte ihren kleinen Liebling und vergrub ihr Gesicht in seinem Fell. »Gonzo muss dann aber mit. Da bestehe ich drauf.«

»Wenn du ein Geständnis ablegst, dann hast du für die nächsten Jahre auf alle Fälle ein Zuhause. Aber das mit dem Hund, dafür kann ich nicht garantieren.«

»Ich gestehe alles, was ihr wollt«, gähnte Anka. »Aber nicht mehr heute. Bin müde. Aber eins kann ich dir schwören: An meinem Erzeuger hätte ich mir niemals die Hände schmutzig gemacht. Schon gar nicht, nachdem ich ihn kennengelernt habe. Mit seinem Blut wollte ich mich nicht besudeln.«

»Schon gut.« Bea sah, wie das Mädchen litt, wie ihr schmaler Körper bebte und ihr Gesicht feucht glänzte.

»Der hat es zwar verdient, aber …«

»Aber was?«

»Aber … der ist ja trotzdem mein Vater. Ich bin doch ein Teil von ihm. Ich habe mir so sehr gewünscht, den Mann kennenzulernen, den meine Mutter geliebt hat. Es tut soo krass weh.«

Bea Bissick legte den Arm um Bianca und sprach beruhigend auf sie ein, bis die Tränen versiegten. Dann wollte das Mädchen wissen, ob die Polizei Ferdinands Söhne denn auch verdächtigte. »Warum nur ich? Warum nicht mein Onkel, meine Tante, meine Brüder?«

»Weißt du, was du gerade gesagt hast?«

Verständnislos sah die Punkerin mit dem asymmetrischen Haarschnitt und dem Totenkopf am Ohr die Polizistin an.

»Ist dir gar nicht aufgefallen, dass du von Onkel und Tante gesprochen hast, von deiner Familie, deiner Verwandtschaft, deinen Brüdern?«

»Nee. Weiß schon nicht mehr, was ich für'n Bullshit rede. Aber du weißt ja, wer gemeint ist.«

»Ich weiß.«

Die Unterhaltung wurde unterbrochen. Jan Berg legte das Bettzeug aufs Sofa und gab Anka eine Wärmflasche.

»Magst du heiße Schokolade?«, fragte er das Mädchen und stellte ihr eine Thermosflasche mit dampfendem Kakao hin. »Hat meine Mutter mir auch immer gemacht, wenn ich unglücklich war«, fügte er hinzu.

»Schlaf dich aus«, sagte Bea. »Wir kommen morgen früh wieder und bringen Frühstück vorbei. Und pass auf, dass dich im Garten keiner sieht und Gonzo auch nicht. Die Kleingärtner sind nämlich sehr wachsam.«

Die Polizisten verabschiedeten sich. Jan Berg schloss das Gartentor doppelt ab und leuchtete mit einer Taschenlampe die finsteren Gartenwege aus, bis sie am Auto waren.

»Ferdinands Söhne haben sich gemeldet. Morgen treffen wir uns mit ihnen. In der Klinik, um elf Uhr. Alle drei sind jetzt auf der Insel. Sie wollen die Sachen ihres Vaters aus seinem Büro mitnehmen.«

»Na prima, dann kann ich ja richtig ausschlafen«, freute Bea sich. »Und du versorgst vorher seine Tochter!« Ihre Schadenfreude war nicht zu überhören.

»Ha, ha. Du bist gut. Ich habe da noch was, wo ich mich noch hinterklemmen muss.«

»Ach ja? Und warum sagst du das erst jetzt?«

»Ein Verkehrsunfall. Die Schuldfrage ist nicht eindeutig geklärt. Dr. Scholz war der Fahrer des einen PKW und zwei junge Leute saßen in dem anderen.«

»Schlimm?«

»Der Fahrer erlitt schwere Verletzungen, die junge Frau starb an der Unfallstelle. Dr. Scholz blieb wie durch ein Wunder unverletzt.«

»Interessant.« Beas Müdigkeit war wie weggeblasen. »Los komm, wir fahren zu dir aufs Revier. Das will ich mir angucken.«

»Vorher müssen wir noch was essen.«

»Pizza?«, schlug Bea vor.

»Jau. Kennst du den Italiener an der Jann-Berghaus-Straße? Richtig gute Pizza gibt's da.« Der Hauptkommissar rief sofort an. Eine Viertelstunde später teilten sie sich die Pizzen in seinem Büro und durchforsteten die Unterlagen. Als sie die Lichter ausmachten und nach Hause wollten, hatte Bea noch eine Idee.

»Mir kommt da gerade so ein Gedanke«, fing sie an. »Was hältst du denn davon, wenn wir morgen die ganze Familie an einen Tisch bringen?«

»Du meinst, seine drei Söhne und seine Tochter?«

Bea nickte. »Und auch die zwei vom Campingplatz. Den Bruder und seine Frau.«

»Da muss ich erst drüber schlafen. Lass uns das morgen früh entscheiden. Und … mit Ausschlafen ist nicht. Um halb acht erwarte ich deinen Anruf zu einer kleinen Dienstbesprechung.«

Kapitel 22

Gretje hatte in dieser Nacht geschlafen wie eine Schildkröte im Winterschlaf. Entsprechend fit und ausgeruht fühlte sie sich um halb sechs, als sie die Augen aufschlug. Sie setzte einen Tee auf, zog die Laufklamotten an und stakelte mit ihren Stöcken, Stirnlampe und Reflektoren in die Dunkelheit hinaus. Ihr Lieblingsmitbewohner Leon hatte ihr die Ausrüstung besorgt, er wollte nicht, dass sie unter die Räder kam.

Erfreulicherweise regnete es nicht mehr, es war allerdings fies kalt geworden. In ihrem eigenen Rhythmus walkte Gretje Blom auf dem oberen Teil der Strandpromenade, der gut beleuchtet war. In der Kurklinik brannte schon Licht hinter vielen Fenstern, ein neuer Arbeitstag begann. Von der Georgshöhe schimmerte es rötlich. Die Kerzen, die im Gedenken an Ferdinand Scholz aufgestellt wurden, nahmen stetig zu.

Vereinzelt kreuzten Jogger und Hundegänger ihren Weg. Es waren immer dieselben. Auch an diesem Samstag. Sie erkannte die Läufer an ihrem Laufstil. Einige hechelten beim Näherkommen, andere überholten lautlos, wieder andere hetzten schwerfällig oder federten leichtfüßig daher. Nicht immer achtete Gretje Blom darauf, aber an diesem Morgen fiel ihr Augenmerk auf einen Jogger, der an ihr vorbeiflitzte, als wollte er einen Rekord brechen. Vielleicht trainierte er für einen Wettkampf. Alle naselang sah er auf sein Handgelenk und kontrollierte die Zeit, seinen Puls, oder was auch immer man mit so einem Sportarmband messen konnte.

Ich muss Leon mal fragen, ob ich auch so ein Armband brauche, dachte die rüstige Ostfriesin, immer noch schwer beeindruckt von dem Tempo und dem dynamischen Laufstil des Sportlers.

Sie hatte große Lust, sich auf eine Schaukel zu setzen, dem Tosen der Wellen zu lauschen und ihre Gedanken neu zu ordnen, doch sie entschied sich dagegen. Stattdessen wollte sie einen Kuchen backen. Biggi würde sich bestimmt über ein Stück selbstgemachter Friesentorte freuen. Kuchenbacken war für Gretje Blom ebenso entspannend wie Schaukeln. Im Kopf ging sie die Zutaten durch, die sie brauchte, drehte um und walkte zurück.

Als der Teig schon im Backofen war, wurde es lebendig in der Friesenrose. Bea Bissick stand als Erste unten und sog den verführerischen Duft ein, der die Küche erfüllte.

»Moin Gretje! Willst du uns zum Wochenende verwöhnen? Was backst du denn Schönes?«

»Nee.«

»Für wen ist der Kuchen denn dann? Für Anka?«

Gretje erwiderte nichts darauf, sie klapperte mit dem Geschirr. »Wie geht es denn eurer Verdächtigen? Habt ihr sie gestern Abend ordentlich in die Mangel genommen?«

»Ach … die war ja viel zu kaputt. Die hätte alles gestanden, nur damit wir sie in Ruhe lassen. Das ist nicht fair. Mit so einer Aussage können wir nichts anfangen. Ich sage ihr, sie soll sich einen guten Anwalt nehmen.«

Nach und nach füllte sich die Küche. Alle stellten die gleiche Frage nach dem Kuchen wie Bea.

»Freut euch man nicht zu früh. Den nehme ich mit, wenn ich in die Kurklinik gehe. Meine Freundin Biggi besuchen. Immer diese Fertigkuchen aus der Cafeteria, das ist doch nichts.«

»Och!« Die vier machten lange Gesichter.

Bea horchte auf bei Gretjes Worten und zog sich auf ihr Zimmer zurück. »Dienstbesprechung. Ich hab's Jan versprochen«, entschuldigte sie sich.

»Was läuft denn bei euch heute in Sachen Ankermord?«, fragte Gretje. Sie war nicht neugierig, sie wollte nur wissen, wie weit die Polizei mit ihren Ermittlungen war. Unwillkürlich kam ihr die Geschichte von dem Wettrennen zwischen Igel und Hase in den Sinn. Wer war hier der Igel und wer der Hase? Ihre Jungs nannten sie auch liebevoll Friesenrose, weil sie andere gern anpiekste. Gretje konnte nur der Igel sein und würde das Ziel hoffentlich wieder einmal als Erste erreichen.

»Das ist streng geheim«, antwortete Bea. Von ihr würde die Rentnertruppe nichts erfahren. Mit einem Lunchpaket für Anka verabschiedete sie sich. Sie ermahnte Gretje und Piet aber noch, sich nicht einzumischen.

»Wat mutt, dat mutt«, brummelte Onno und richtete seine Mütze.

***

Piet hatte Wort gehalten und über Nacht etwas über den Verkehrsunfall von Dr. Scholz herausgefunden, das nicht in den Akten stand.

»Wie bist du an die Infos gekommen?«, fragte Gretje bewundernd. Piet antwortete ausweichend mit dem Hinweis auf Quellen, über die er nicht sprechen durfte.

»Junge, Junge, Junge! Was Kriminelles?«

Er zwinkerte ihr zu und meinte, sie müsse nicht alles wissen. Es sah ganz so aus, als wenn bei dem Unfall nicht alles mit rechten Dingen zugegangen war.

»Wie kann das denn sein, dass die Schuldfrage nicht geklärt ist? Was ist mit den Versicherungen? Schmerzensgeld? Haftpflicht?«

»Das frage ich mich auch«, erwiderte Piet. »Ich habe mir mal die Unfallgegner etwas genauer angesehen.«

»Ferdinand Scholz hat sich ja wohl erledigt«, sagte Gretje. »Was ist mit der Frau, die tödlich verunglückt ist? Hast du da was?«

»Kaum. Rebecca Zimmer, dreiundzwanzig Jahre, sie ist bei dem Zusammenprall an Ort und Stelle verstorben. Aber … und das ist interessant, sie war im sechsten Monat schwanger.«

»Was du nicht sagst. Weiß man, wer der Vater des Ungeborenen ist?«

»Ich schätze, es gibt ein Gutachten, habe ich aber leider nichts gefunden.«

»Hmm.« Gretje malte Kreise in ihr Schönschreibheft. »In welchem Verhältnis zueinander standen der Fahrer und Rebecca? War das Kind von ihm?«

»Worauf willst du eigentlich hinaus? Gretje, du sprichst in Rätseln«, mischte Onno sich ein.

»Ich versuche mir das gerade mal vorzustellen«, sagte Leon. »Wenn ich am Steuer gesessen hätte und meine Freundin stirbt bei dem Unfall, also, dann könnte ich nicht mehr ruhig schlafen.«

»Du meinst, wenn du das Unfallopfer Thomas Schneider wärst?«, vergewisserte Gretje sich und plauderte den Namen aus, den sie zufällig gelesen hatte. »Und was wäre, wenn du Dr. Scholz wärst?«

»Boah. Was ist das denn für eine Frage? Es würde mir wahnsinnig leidtun. Wahrscheinlich würde ich Tag und Nacht darüber nachgrübeln, wie es dazu kommen konnte und ob ich es hätte verhindern können. Obwohl ich vorschriftsmäßig gefahren bin. Kann sein, dass ich an seiner Stelle sogar ein Schuldeingeständnis gemacht hätte, auch wenn es nicht wahr ist. Einfach deshalb, damit der arme Teufel wenigstens Schmerzensgeld bekommt.«

»Willst du jetzt ein Heiliger werden?«, brummelte Onno.

»Also, Kinners, so kommen wir nicht weiter«, beendete Piet das Ganze.

»Was ist denn aus Thomas Schneider geworden? Hast du da was gefunden?« Leon setzte sich zu Piet und sah ihm über die Schulter.

»Hirnverletzungen. Frakturen. Koma. Monate im Krankenhaus. Erinnerungslücken«, las Piet vor. »Kann sich nicht erinnern. Laut Protokoll könnte seiner Freundin übel gewesen sein und er einen Augenblick lang nicht aufgepasst haben.«

»Da haben wir es doch! Dann ist die Schuldfrage also doch geklärt, wenn er unaufmerksam war«, sagte Leon.

»Schön wär's. Hier gibt's noch eine Aktennotiz, in der Thomas Schneider erklärt, dass er sich nicht sicher sei, ob er oder seine Freundin am Steuer gesessen hat.«

»Aber das müsste doch eindeutig festzustellen gewesen sein«, sagte Piet, ihm wollte das nicht einleuchten. »Es sei denn …«

»Was meinst du denn damit?« Fragend sah Leon ihn an.

»Nee, nicht? Du meinst, da hat jemand die Wahrheit für sich passend gemacht?«, sinnierte Gretje Blom. »Pfff! Ich brauche frische Luft. Das wird ja immer verrückter. Ich mach mal einen kleinen Abstecher zur Klinik.«

Piet ließ sie nur ungern allein dorthin gehen. Ihr Nein duldete aber keinen Widerspruch. »Du kannst mich jederzeit erreichen, ich bleibe auf Empfang«, versprach sie.

Kapitel 23

Am Empfang in der Rehaklinik saß an diesem Vormittag wieder eine andere Mitarbeiterin. Gretje steuerte auf sie zu und bat sie, bei Kira, der Kursleiterin, anzurufen und ihren Besuch anzukündigen.

»Wen darf ich melden?«, fragte sie förmlich.

»Blom. Gretje Blom.«

»Und in welcher Angelegenheit?«

»Was denn für eine Angelegenheit? Was wollen Sie denn noch alles wissen?«, empörte sich die Ostfriesin. Sie kniff die Augen zusammen, las das Namensschild mit dem Zusatz ›Ich lerne noch‹ und lieferte eine Begründung.

»Dat geht um ein neues Angebot. Um einen Kurs in der veralteten Schreibschrift *Sütterlin*, die ich noch in der Schule gelernt habe. Plattdeutsch könnte ich auch noch anbieten.«

Die Auszubildende gab sich damit zufrieden, sie griff zum Hörer und schickte Gretje in den zweiten Stock. Kira war wieder im selben Raum wie tags zuvor und arbeitete an einem neuen Konzept.

»Ach, Sie sind das«, rief sie überrascht.

»Kannst mich ruhig wieder duzen. Wir sind ja fast Kolleginnen«, sagte Gretje und fühlte sich ausgesprochen wohl in ihrer Rolle als künftige Kursleiterin.

Kira lachte befreit. »Dann war das gestern eine Art Testbesuch von dir? Alle Achtung. Machst du das immer so, dass du dir vorab einen kleinen Eindruck vom Auftraggeber verschaffst? Wann willst du denn loslegen mit deinem Angebot?«

»War wohl nicht so gut, dass ich dir das gestern nicht gleich gesagt habe? Aber man muss ja wissen, wo man ist und wie die Räumlichkeiten sind und das Drumrum.«

»Guter Ansatz«, lobte Kira.

Gretje schnackte auf ihren Wunsch ein wenig auf Platt, von dem die Kursleiterin kaum etwas verstand. Sie fand das witzig, erzählte von sich und wie sie zum Handlettering gekommen war.

Das Eis war gebrochen. Gretje konnte jetzt mit ihr über die Übungsblätter mit der Todesbotschaft reden, ohne dass Kira sich dagegen sperrte. Freimütig erzählte sie Anekdötchen aus ihrem Job und von den Leuten im Kurs. Aus einer Abschiedslaune heraus hatten sie diesen Satz geprägt.

»Daraus ist das Übungsblatt entstanden. Das Original landete im Papierkorb, es war aber so perfekt gemacht, mit diesem t, das aussieht wie ein Kreuz, das konnte ich doch nicht liegen lassen. Auf so eine Idee muss man erst einmal kommen.«

»Dann kann sich ja wohl jeder am Papierkorb bedienen und da was rausfischen?«

»Na klar. Warum nicht? Wenn noch jemand die Reste verwerten kann, ist das doch allemal besser, als wenn die kleinen Kunstwerke im Müll landen.«

»Jau.« Das leuchtete Gretje ein. »Es kann rein theoretisch also sein, dass der Täter hier im Kurs auf die mörderische Idee gekommen ist und sich am Papierkorb bedient hat?«, fragte Gretje nachdenklich.

»Ja. Im Prinzip schon. Ich habe da auch schon drüber nachgedacht, das lässt mir gar keine Ruhe. Aber warum interessiert dich das?«

»Wollte immer schon Privatdetektivin werden«, scherzte Gretje. »Wir könnten eine Detektivbande gründen. Machst du mit?«

»Du bist ja gut«, lachte Kira. »Und wie stellst du dir das vor?«

»Ganz einfach. Lass uns gemeinsame Sache machen. Erinnere dich doch mal, wer alles in dem Kurs war, in dem der Abschiedsgruß entstanden ist.«

»Ach je. Mein Gedächtnis.«

»Führst du denn keine Teilnehmerlisten?«, tat Gretje erstaunt.

»Doch, sicher!« Kira blätterte in einer Mappe, fand die Liste und konnte sich plötzlich wieder an Einzelheiten, auch an die Urheberin des Werkes, erinnern. »Es ging um einen Kurschatten, der nicht kapieren wollte, dass das Spielchen nach der Kur vorbei sein sollte. Das war ihr Impuls für ›alles endet!‹. Sie wollte ihm das geben und hat noch Sticker draufgeklebt, letztendlich hat sie sich das dann aber anders überlegt.« Nachdenklich blätterte Kira in ihrem Ordner. »Muss ich das der Polizei melden?«

»Könnte ein wichtiger Hinweis sein.«

»Oh Gott! Dann bin ich ja auch verdächtig? Und die Putzfrauen auch?«, sinnierte Kira.

»Jeder, der Zugriff auf die Unterlagen hatte. Egal, ob aus dem Papierkorb oder von dir. Wer kommt denn alles infrage?«

»Pfff. Ich frag mal Timo, unsern Mann für alle Fälle. Der kümmert sich um die Räume in der Zwei.«

»Ach der. Der mit den dummen Sprüchen«, rutschte es Gretje raus und erzählte von seiner Bemerkung im Aufzug.

»Der ist aber sonst ganz nett und hilfsbereit.«

Zufrieden mit dem Verlauf des Gesprächs verabschiedete Gretje sich. Sie lud Kira ein, nachmittags gegen drei in der Cafeteria reinzuschauen und von ihrer echten Friesentorte zu probieren.

Anschließend streifte Gretje durch das riesige Gebäude. Sie fuhr in die oberste Etage hoch, spazierte an den Türen entlang und las die Namensschilder, die entweder mit einem Doktortitel versehen waren oder zum Personalbereich gehörten. Eine tolle Aussicht hatte man von hier oben. Gretje suchte sich ein Fenster mit Blick auf den Tatort und verweilte ein wenig. Man konnte von hier aus wunderbar beobachten, wer sich auf dem Aussichtspunkt aufhielt.

Als Gretje Blom aus dem Chefzimmer Stimmen hörte, schlenderte sie weiter und legte sich vorsichtshalber schon mal eine Ausrede zurecht, falls jemand fragte, was sie hier zu suchen hätte. Sie beeilte sich, wieder zum Fahrstuhl zu kommen, nahm aber dann lieber das Treppenhaus.

Das war ja gerade noch einmal gutgegangen, denn die Tür vom Chefarzt ging auf und heraus kamen Jan Berg und Bea Bissick, zusammen mit drei weiteren Männern. Gretje hielt die Luft an und betete, dass die den Fahrstuhl nahmen. Ihr Gebet wurde erhört und Gretje erkundete nun auch noch die Treppe, die weiter nach oben führte. Die Tür zu dem Dachgeschoss war leider verschlossen, sie kehrte um und versuchte erneut, Biggi zu erreichen. Die entschuldigte sich tausendmal, dass sie einen Anwendungstermin vergessen hatte, und schlug vor, sich später zum Kaffee zu treffen.

***

»Das Kläffen musst du Gonzo aber noch abgewöhnen«, sagte Jan Berg zu Anka, als er nach ihr sehen wollte. Der kleine Dackel hatte ihn mit lautem Gebell angekündigt, als er sich der Gartenpforte näherte und aufschließen wollte.

»Der passt wenigstens gut auf mich auf«, entschuldigte ihn sein Frauchen.

»Ist aber besser, wenn von den anderen hier niemand etwas mitkriegt. Die wissen alle, dass ich keinen Hund habe.«

Das leuchtete Anka ein. »Wie lange wollt ihr mich denn hier festhalten? Ihr könnt mich doch nicht ewig in diesen Schuppen einsperren.«

Jan schluckte bei dem Wort Schuppen. Dass seine geliebte Laube so bezeichnet wurde, konnte er nicht gut ertragen. Er versuchte aber, sich das nicht anmerken zu lassen, erkundigte sich nach ihrem Wohlbefinden und versicherte, höchstens noch eine Nacht. »Dann können wir den Schuppen ja gegen eine Gefängniszelle tauschen«, sagte er.

»Moin zusammen«, posaunte Bea Bissick. »Was ist mit der Zelle?«, wollte sie wissen. »Frühstück!«

»War nur ein Scherz«, sagte Jan und hörte Anka aufatmen.

»Ich möchte aber trotzdem wissen, was ihr mit mir und Gonzo vorhabt!« Trotzig packte sie die Stullen aus. Ein gekochtes Ei war auch dabei, aber kein Hundefutter. Daran hatte niemand gedacht. Bea tat es echt leid. Mit einem Scheibchen Wurst musste Gonzo sich erstmal zufriedengeben.

Nachdem Anka sich gestärkt hatte, wurden die Ermittler wieder dienstlich. Bea sagte, dass sie vormittags noch einen wichtigen Termin hätten und sie anschließend abholen kämen.

»Mach dich ein bisschen frisch und zieh dir was Sauberes an.«

»Und dann?«, fragte das Mädchen unruhig. Ihr Blick flatterte, sie drehte eine lange Haarsträhne zu einer Kordel und steckte sie sich in den Mund.

»Keine Angst. Wir sind ja bei dir. Wir fahren dann gemeinsam in die Klinik, zum Essen.«

Anka war misstrauisch. Die Ermittler hatten es aber eilig und ließen sie mit ihren Fragen allein.

Nach dem Abstecher im Gartenhäuschen fuhren sie weiter zur Adresse von Dr. Ferdinand Scholz. Seine Söhne wollten sich nun doch lieber in der Wohnung ihres Vaters mit der Polizei treffen. Seinen Arbeitsplatz wollten sie sich danach ansehen.

»Wie machen wir das am besten mit Anka?«, fragte Jan während der Fahrt. »Willst du sie nachher abholen?«

»Kannst du nicht Swantje damit beauftragen?«

»Nee, besser nicht. Nachher macht die noch ’nen Lauten. Oder Bianca Berger wird gewalttätig.«

Jan musste lachen bei der Vorstellung. »Das glaubst du doch selbst nicht. Swantje! Die wird mit Bianca Berger schon fertig, da mache ich mir keine Sorgen. Und die andere Sache …« Er rieb sich das Kinn. »Ich rufe sie an.«

Die junge Kollegin nahm den speziellen Geheimauftrag mit Begeisterung an. »Soll ich ihr Handschellen anlegen?«, fragte sie Jan. Sie bekam sein Okay. Jedoch nur für den Fall, dass Bianca Berger Widerstand leistete.

Die drei in Schwarz gekleideten Männer, die vor Ferdinands Adresse warteten, konnten nur seine Söhne sein. Jan Berg atmete noch einmal tief durch, bevor er aus dem Auto stieg. Nach dem Händeschütteln, was Jan Berg als echtem Insulaner immer noch fremd, aber beim Kondolieren unerlässlich war, betraten sie gemeinsam die Wohnung.

Die Söhne gingen schweigend durch die Räume, zogen Schubladen auf und blieben lange vor Familienfotos stehen. Sie sprachen mit gedämpfter Stimme miteinander und diskutierten, was sie mit der Wohnung machen wollten. Verkaufen? Vermieten? Sie wussten es nicht, der Tod ihres Vaters kam ja so plötzlich.

»Wo ist unser Vater denn jetzt?«, fragte der Älteste, der sich als Dr. Friedrich Scholz, Innere Medizin, vorgestellt hatte.

»In Oldenburg, zur Obduktion.«

»Wie weit sind Sie mit den Ermittlungen? Wer hat unseren Vater umgebracht?«, fragte der Jüngste, Dr. Felix Scholz, Gynäkologe, leicht aggressiv.

»Wir haben eine heiße Spur, die aber nicht an die Öffentlichkeit gelangen darf. Wegen der Fluchtgefahr«, wehrte Bea Bissick ab und fing nun ihrerseits an, Fragen zu stellen.

»Wussten Sie eigentlich, dass Ihr Vater eine Katze hatte? Einen Kater? Wir haben den kleinen Tiger vorläufig bei Tierfreunden untergebracht, da kann er aber nicht auf Dauer bleiben.«

»Er hat immer gesagt, wenn ich erstmal im Ruhestand bin, dann … Unser Vater hatte noch viele Träume, aber sein allergrößter Traum war Norderney. Hier wollte er alt werden. Er hat das Meer so sehr geliebt.«

Ausgeträumt, schoss es Bea in den Sinn. Dann zeigte sie ihnen das Notizbuch, das noch weitere Überraschungen für sie bereithalten sollte.

Kapitel 24

In der Cafeteria war es ruhig, als Gretje Blom hereinkam. In einer hinteren Ecke mit Meerblick entdeckte sie Kira. Sie machte große Augen beim Anblick der Torte, ihr lief das Wasser im Munde zusammen.

»Frag aber vorher lieber mal nach, ob das in Ordnung ist, wenn wir unsere eigene Torte essen und nur Getränke bestellen«, empfahl Kira ihr.

»Die sollen sich man nicht so anstellen.«

»Soll ich fragen gehen? Ich mach das wohl eben.« Schon machte die Kursleiterin sich auf den Weg zur Kuchentheke. Gretje sah sie gestikulieren und mit Timo lachen. Zufällig sah sie aber auch Bea Bissick und Jan Berg, die in einen seitlichen Flur einbogen. Sofort benachrichtigte sie Piet, er sollte herkommen.

Kira und Biggi konnten es kaum erwarten, Gretjes Freund kennenzulernen. Das lag aber mehr an dem sahnigen Gebäck, das erst dann gekostet werden sollte, wenn sie vollzählig waren. Die Frauen wurden auf eine harte Probe gestellt. Es dauerte fast eine Viertelstunde, bis Piet eintraf und sie den ersten Bissen im Munde zergehen lassen durften.

»Oh mein Gott«, juchzte Biggi und verdrehte die Augen. »Die schmeckt ja himmlisch!« Sie leckte sich über die Lippen. Timo schaute schon zu ihnen rüber.

»Nicht so laut, Biggi. Das muss ja keiner wissen, dass wir unseren eigenen Kuchen haben. Timo guckt schon so angenervt«, sagte Kira.

»Gebt ihm doch auch ein Stück«, schlug Piet vor, »dann meckert der bestimmt nicht mehr.«

Biggi sprang sofort auf und holte noch einen Teller. Gretje legte ein großes Stück darauf und brachte es Timo persönlich.

»Bitte schön. Denn lass dir dat man gut schmecken. Hab ich selbst gebacken.« Timo zierte sich, aber Gretje schnackte so lange, bis er es doch annahm.

»Bringst du uns denn auch noch eine Kanne Kaffee und einen Pott Tee? Mit Kandis und Sahne.«

»Aber gern, die Dame.« Der junge Mann klang genervt.

»Freundlich geht anders«, murmelte Gretje, den Blick auf seine Brust mit dem Namensschild geheftet. ›Erste Saison‹ stand unter seinem Namen. Etwas irritierte sie daran. Vielleicht gehörte es zum guten Ton des Hauses, damit jeder sofort Bescheid wusste, mit wem man es zu tun hatte. »Sag mal, Timo«, fing sie noch einmal an, »kann dat sein, dass ich dich heute früh beim Joggen gesehen habe?«

»Ich laufe jeden Morgen«, war seine gereizte Antwort.

Zu Biggi meinte Gretje am Tisch: »Der ist aber heute nicht gut drauf. Hat sich richtig geziert, als ob der auf Diät ist.«

»Der hat seine Tage«, scherzte Biggi. »Hat der öfter. Soll uns aber nicht stören.« Sie schob sich einen weiteren Happen in den Mund und stöhnte verzückt auf. Kira stimmte ein und Piet lobte das Gebäck ebenfalls in den höchsten Tönen. »Oh, wie lecker ist das denn? Ich brauch das Rezept. Bitte, bitte!«, bettelte Biggi.

»Was ist da alles drin? Zimt?«, wollte Kira es nun ganz genau wissen.

Verstohlen sahen sie zur Kuchentheke rüber. »Timo! Ist da nicht ein Hauch Zimt drin? Schmeckst du das auch?«, flötete Biggi.

Der junge Mann bediente die Kaffeemaschine. Außerdem hatte er den Mund voll, er zuckte daher nur mit den Schultern.

Das war dem Kaffeeklatschquartett etwas zu wenig Reaktion. Als er die Getränke brachte, fingen sie wieder davon an.

»Gretjes Friesentorte, die ist doch eine Sünde wert, nicht wahr, Timo? Komm, nimm auch noch ein Stück«, bedrängte Biggi ihn.

»Lasst mich doch mit dem ganzen Mist in Ruhe. Ich kann es nicht mehr hören!«, brauste er unerwartet heftig auf.

Gretje stupste Piet unterm Tisch an. Ihr war ein Licht aufgegangen. Timos unwirsche Reaktion verdichtete ihren Verdacht. Sie musste sofort mit Jan Berg sprechen, von dem sie annahm, dass er auch noch im Gebäude war.

Die Unterhaltung der Damen drehte sich ums Kochen, Rezepte und Geschmacksverstärker. Piet konnte dazu nicht viel beitragen, außerdem musste ja einer die Kontrolle behalten und aufpassen, dass die Situation nicht völlig aus dem Ruder lief und dass Timo nicht heimlich verschwand.

Gretje huschte in den Gang, in dem sie vorhin die Kriminalbeamten gesehen hatte. Von dem Flur gingen Besprechungsräume ab, drei auf jeder Seite. Gretje lauschte an den Türen, nur hinter einer hörte sie etwas. Getreu ihrem Motto ›Nicht lang schnacken, lieber gleich anpacken‹ drückte sie die Türklinke nieder und trat ein. Die Unterhaltung verstummte auf der Stelle, aber Gonzo sprintete schwanzwedelnd auf sie zu. Bea Bissick fand als Erste ihre Sprache wieder. Vor versammelter Mannschaft putzte sie die Hobbyermittlerin herunter.

Ihre Vorhaltungen gingen bei Gretje in das eine Ohr hinein und auf der anderen Seite wieder hinaus. Sie warf der Hauptkommissarin einen scharfen Blick zu, der sie zum Schweigen bringen sollte. Anka war anwesend, und wenn die Warze das Erkennungsmerkmal der Familie Scholz war, saßen auch Ferdinands Söhne mit im Raum.

»Jan Berg! Wir müssen mal eben vor die Tür«, sagte sie bestimmt. Auf der Stelle erhob er sich, kam ihrem Wunsch nach und machte seinem Ärger über ihren Auftritt erst Luft, als sie allein waren.

»Gretje Blom, was hast du zu deiner Verteidigung zu sagen? Du brauchst einen verdammt guten Grund für diese Störung.«

»Hab ich. Ich habe den Täter! In der Cafeteria. Wir versuchen, ihn festzuhalten. Schnell, schnell, damit er uns nicht entkommt. Fragt ihn nach seinem Alibi. Er heißt Timo Schneider, ist Aushilfskraft und hatte Zugang zu den Schriftproben vom Letteringkurs. Außerdem ist er hochexplosiv.«

»Timo Schneider? Hast du etwa in meinen Akten geschnüffelt, als du in meinem Büro warst?«

»Die habe ich nur wieder hingelegt, weil die runtergefallen waren«, behauptete sie mit Unschuldsmiene. »Das ist doch jetzt auch egal. Komm mit!«

Durch die Empfangshalle sahen sie Swantje Robben mit Ferdinands Bruder und seiner Frau hereinkommen. Jan schnaubte erleichtert.

»Swantje, sei so gut und bleib bei den Angehörigen, bis ich zurück bin. Und schick mir Bea vor die Tür. Wir müssen etwas besprechen.«

»Jawoll, Chef!«

Gretje ging getrennt von den Beamten an ihren Platz mit Meerblick zurück. Biggi und Kira alberten herum, sie machten sich über Timo lustig und redeten absichtlich so laut, dass er sie hören musste.

»Oh! Yummy!«, quietschte Biggi, als Kira die Zutaten für ein Schokodessert aufzählte und Timo zurief: »Würde dir das denn besser schmecken?«

Mit hervortretenden Augen kam Timo auf die kleine Gesellschaft zu. Die Finger ineinander verknotet, starrte er sie sekundenlang an. Dann brach es aus ihm heraus: »Ich kann es nicht mehr hören! Immer dieses Gelaber übers Essen. Wie es schmeckt. Und riecht. Ekelhaft! Ich weiß es nicht, wie etwas schmeckt oder riecht. Ich kann da nicht mitreden, ich kann nichts mehr schmecken und auch nichts riechen! Lasst mich doch alle in Ruhe damit!«

»Echt jetzt?«, traute sich Biggi nachzufragen und entschuldigte sich. Kira ebenfalls.

Die Ermittler hatten seinen Wutausbruch hautnah miterlebt. Timo Schneider konnte nicht an ihnen vorbei.

»Kommen Sie bitte mit, Herr Schneider«, sagte Bea.

»Thomas Schneider, stimmt's?«, hakte Jan Berg nach.

»Timo! So wurde ich immer genannt. Was wollen Sie denn von mir?«, fragte er trotzig und ging mit ihnen.

»Mannomann! Mir ist der Appetit vergangen.« Gretje packte die restlichen Stückchen Torte ein, nahm Piets Hand und verabschiedete sich von den anderen. Sie klopfte an die Tür, hinter der die Ermittler mit dem Verdächtigen verschwunden waren, und fragte, ob sie Swantje etwas ausrichten sollte.

»Ja. Sag ihr, es kann länger dauern. Es sei denn, Timo, Sie legen ein Geständnis ab. Möglicherweise gibt's dann mildernde Umstände«, sagte die Hauptkommissarin.

»Wir fahren mit Herrn Schneider aufs Revier«, sagte Hauptkommissar Jan Berg.

Bevor Gretje wieder ging, sah sie Timo an und fragte geradeheraus: »Warum hattest du so einen Hass auf Ferdinand Scholz? Wieso musste er sterben?«

Verblüfft sah er sie an.

»Wieso? Er hat mein Leben zerstört und hat sich fein rausgeredet bei dem Unfall. Damals. Vor acht Jahren. Er war betrunken und ist voll in uns reingerast! Meine Verlobte saß neben mir, wir wollten heiraten.« Timo fing an zu schluchzen. »Meine Verlobte war schwanger. Ich hatte gerade einen neuen Arbeitsvertrag in einem Sternerestaurant als Koch unterschrieben. Das war meine Zukunft. – Aber, alles endet. Mit einem betrunkenen Vollidioten.«

»Koch?«, fragte Gretje. Du kannst doch angeblich nichts schmecken.«

»Das sind Folgen des Unfalls. Kommt auch nicht wieder. Und dann taucht dieser Typ hier auf und schmeichelt sich überall ein und erzählt, wie toll das ist, ein neues Leben anzufangen.« Timos Stimme wurde immer leiser. »Plötzlich habe ich nur noch rotgesehen und diesen Schnipsel gefunden und dann bin ich durchgedreht.«

»Puh!« Gretje presste sämtliche Luft aus den Lungen. Jan Berg und Bea Bissick hörten staunend zu. Sie hatten ihn. Sie hatten ihr Geständnis. Wenn auch ein sehr trauriges Geständnis.

»Was habe ich denn noch zu verlieren? Ist doch egal, wo ich der Handlanger bin.«

»Mannomann, wat für'n Schiet!«, sagte Gretje. Aber weißt du was, mien Jung? Wenn dir dat leidtut, was du getan hast, dann kannste jetzt zeigen, dass in dir doch noch ein guter Kern steckt, und dich bei den Angehörigen entschuldigen. Die sind alle hier.«

Timo starrte einen nach dem anderen an. Bea nickte.

»Ja. Geh'n wir«, murmelte er kaum vernehmbar.

Mit gesenktem Kopf trat er vor die Familie. Keiner sagte etwas. Sie starrten den Mann, der auf den ersten Blick so sympathisch wirkte, schweigend an.

Timo versuchte den anklagenden Augen auszuweichen, doch das war unmöglich. »Ich …«, stammelte er, »ich … ich hätte es nicht tun dürfen. Entschuldigung.«

Die Angehörigen wechselten bedeutsame Blicke, sie fingen an zu tuscheln, bis Timo Schneider sich räusperte und noch einmal zu sprechen begann. »Es ist unverzeihlich, ich weiß, aber ich musste es tun. Ich bin ein Mörder!«

Widerstandslos ließ er sich abführen, drehte sich noch einmal um und sagte: »Alles endet!«

Ende

Ostfrieslandkrimi-Empfehlungen
des Klarant Verlages

Lernen Sie auch die anderen Bücher der beliebten Ostfrieslandkrimi-Serie »Ein Fall für Gretje Blom« von Rita Roth kennen:

Immer wenn Gretje Blom auf der ostfriesischen Insel Norderney weilt, geschieht ein Verbrechen und sie ist mittendrin! Zum Glück verfügt die Ruheständlerin über einen außerordentlichen Spürsinn. Gemeinsam mit ihrem besten Kumpel Piet, Hauseigentümer Onno und den anderen Norderneyer Freunden löst sie jeden Fall. Gretje Blom ermittelt auf ihre eigene unkonventionelle Art – mit viel Scharfsinn, Durchsetzungsvermögen und einer ordentlichen Portion Humor!

In der Serie sind bereits folgende Ostfrieslandkrimis erschienen:

»Inselsünde«, Band 1
Taschenbuch-ISBN: 978-3-95573-987-4
eBook-ISBN: 978-3-95573-989-8

»Ich angle mir einen Millionär!« Mit diesem Wunschtraum im Gepäck reist Britt auf die ostfriesische Insel Norderney drei Monate später ist sie spurlos verschwunden. Einiges deutet auf eine Affäre mit dem bekannten Casanova Ricardo hin, der ebenfalls wie vom Erdboden verschluckt scheint. Ist Britt mit ihm durchgebrannt und genießt jetzt ihr Liebesglück? Oder ist sie einem furchtbaren Verbrechen zum Opfer gefallen? Gretje Blom stößt auf den Fall und entdeckt einige Ungereimtheiten. Gemeinsam mit ihren Freunden aus der Norderney-WG geht sie der Sache nach.

Ins Visier gerät auch der Schönheitschirurg Rob van Geldern, der auf der Insel eine neue Beauty-Klinik eröffnen will und einen äußerst zwielichtigen Eindruck macht ...

»Inselzorn«, Band 2
Taschenbuch-ISBN: 978-3-96586-003-2
eBook-ISBN: 978-3-96586-004-9

»Inselrache«, Band 3
Taschenbuch-ISBN: 978-3-96586-037-7
eBook-ISBN: 978-3-96586-038-4

»Inselgroll«, Band 4
Taschenbuch-ISBN: 978-3-96586-107-7
eBook-ISBN: 978-3-96586-108-4

Klarant Verlag

Lernen Sie die Ostfrieslandkrimi-Titel des Klarant Verlages kennen und besuchen Sie uns im Internet unter:

www.ostfrieslandkrimi.de

und

www.klarant.de

Sie können dort Näheres über unsere Autoren erfahren, viele weitere interessante Bücher und eBooks finden und Leseproben herunterladen. Mit dem kostenlosen Newsletter auf:

www.ostfrieslandkrimi-lesen.de

erhalten Sie aktuelle Informationen rund um das Verlagsprogramm, wie beispielsweise spannende Neuerscheinungen und Gewinnspiele.